2018

漓江年选 ∩ 品质阅读 ∩ 恒久珍藏

2018中国年度诗歌

《诗探索》编辑委员会 选编 林莽 主编

漓江出版社

目录
contents

编者的话

这是我们与漓江出版社合作，我主编的第二十本《中国年度诗歌》，20 年是中国新诗百年的五分之一。从 1999 年到现在，这本选集可以说是对二十至二十一世纪中国新诗有考量、有选择的一种记录。它所涉及的这二十年，是百年中国新诗发展的一个新阶段。

简述中国新诗史，二十世纪二十年代是中国新诗的发轫期；三十年代是中国新诗的第一个发展高潮，涌现了一批中国新诗的重要诗人；四十年代相对低谷，但中国新诗基本形成了较完备的审美体系；五六十年代因社会形态的变革，我们的新诗有了新的特点；七十年代的特殊情况，新诗发展基本停滞，有一种潜在的力量为下一个十年做着准备；八十年代是中国新诗的第二个发展高潮期；九十年代是又一个相对的低谷期，但 1998 年的盘峰诗会却是一次开启中国新诗新时代的转折点；二十一世纪随着网络及自传媒的兴起，我们的新诗迎来了一个新的发展高潮。这些年我们的新诗相对于社会政治、经济文化依旧是边缘化的，但就诗歌自身而言，随着网络时代的发展，新诗群体中形成了许多独立的自足体系，众多自足体系的相互交叉，构成了中国诗坛的新形态。诗坛不同写作理念人群之间的冲突减少了，自足体系内的交流增加了，这也就促成了中国新诗的变化与发展。总的说来，近二十年，随着新诗人口的增加，创作数量的增加，多种写作方式的共存，交流速度的无限加速，诗歌出版物的急剧扩大，二十一世纪的这些年的创作成绩，已经构成了中国新诗的第三次高潮。

我在以往的文章中说过，中国新诗因为有着宏大的旧体诗的基础和近百年来对世界先进诗歌文化的学习与借鉴，已经具备了两个腾飞的翅膀，它已经飞得很高，飞得很远，已经涌现了许多优秀的诗人和一大批可以称为经典的优秀作品，中国新诗是可以自立于世界文化之林的。只是在我们的社会文化认知体系中，还没有获得它应有的地位。再者，因为我们的新诗教育体系的欠缺，致使对新诗认知的普及与提高尚存许多的不足。

　　我曾把中国新诗整体现状比喻成一片生机勃勃的荒原，充满了多种可能性。当然，成才的诗人尚寥若晨星，但泥沙俱下是任何一个发展中事物的必然现象。

　　我们的这本诗选，就是在这种大的背景下坚持了二十年。希望我们的诗选是一本有独特价值的诗歌选集，能成为这一阶段中国新诗研究者的重要参考资料与文献。

　　我们统计，今年这本选集包括了从 60 多家刊物中遴选出来的近 300 首诗歌作品，我们不是仅凭印象的选择，依旧是以逐本翻阅杂志的方式进行初选，再经过反复的阅读、比较，最终选定了这些诗歌作品。其中有近 40 名作者的作品是初次读到，新人的不断涌现，正说明了诗坛的生机盎然。

　　因出版的要求，后一季度的作品选入很少。我们知道本诗集会有所疏漏，为了今后更好地编选，渴望得到大家的批评与指正。

林　莽

2018 年 10 月

卖 针

小 西

有人卖楼，卖车，卖酒肉

她在卖缝衣针。

有人卖毒，卖肾，卖青春

她在卖缝衣针。

她慢腾腾地摆着

每一包大小号齐全

每一根都无比尖锐

我想蹲下来问问：过去能不能补

人心能不能补

这个世界快得漏洞百出，有没有办法补

（原载《草堂》2018 年第 1 期）

清 风

大 解

芦苇丛中，一只喜鹊在娶亲，

它一边飞，一边叫，后面的喜鹊跟着飞，

也跟着叫。这是一个安静的早晨，

喜鹊的叫声过于张扬，甚至有些炫耀。

它们飞过芦苇荡时，

天空出现了波纹。

我知道一个失踪的湖泊，一直隐藏在高处，

今日终于显现。

当芦苇轻轻摇曳，

忙于接亲的喜鹊叫声明亮，

我悄声喊了一句：恭——喜——了。

没想到我的话音还未落下，

东方就红了，

阳光像一面扇子在天边展开，

从那遥远的地方，忽然，

真的是忽然，刮来了清风。

（原载《人民文学》2018 年第 10 期）

空

大　解

夜晚，

三个朋友来家里，比全国人民

少很多，但也足以让我兴奋。

喝茶，聊天，笑。

然后喝茶，聊天，继续笑。

其中一个站起来，在屋子里走来走去，

只有直立着才能消化幸福。

外面的星星越分散，我们的话题越集中。

最后聊到一个人，我们都沉默了。

因为她刚刚死去还未走远，

天空中还有她的脚印。

我们望着窗外，觉得她还能回来，

就慢慢转变了情绪，继续喝茶，

但不再说话。

时间充满了房间，

我们却感到，

无比的空。

（原载《人民文学》2018 年第 10 期）

秋日凤凰山，大风，读庾信

飞　廉

丫头到美院学画。她去胡庆余堂配药。

大风，像我母亲年轻时，

把青石小院打扫得干干净净，

松果滚落，犹如当年夜雨落柿子。

寒露过了三天，隔壁大伯改喝"会稽山"黄酒。

在这桂花落尽吃石榴剥柚子的晚秋，

我坐在窗前阳光下，

接着读庾信的诗——

奉答赐酒鹅诗，奉和示内人诗，

和赵王看妓诗，和淮南公听琴闻弦断诗，

咏羽扇诗，咏画屏风诗，拟咏怀诗，

看舞诗，移树诗，望野诗，梦入堂内诗，

春日极饮诗，慨然成咏诗，忽见槟榔诗，

秋夜望单飞雁诗，望渭水诗，

经陈思王墓诗，代人伤往诗，

率尔成咏诗，夜听捣衣诗，幽居值春诗，

岁晚出横门诗，郊行值雪诗，

卧疾穷愁诗，暮秋野兴赋得倾壶酒诗……

（原载《扬子江》诗刊 2018 年第 3 期）

在深寺

马 骀

我不拜佛。我心向佛
佛像破损。我心伤痕

一日问三餐，三日问时事
七日叩内心。世道人心，时好时坏

佛居深寺，有光照耀
光不会普照人间
光照佛身，也有高有低

我有乡野之苦，有浮世之痛

这半截肉身拖着长长的暗影

心有块垒也不向佛说

这是命，我认

（原载《诗探索·作品卷》2018 年第二辑）

喜鹊。黄月亮。英语单词

于贵峰

渭南镇车站前的一条公路，向西，钻过一个排洪道，

继续向西、向南，再向西北，

就拐到了卦台山那些刻满长横、短横的石阶下。

在这条路上，一棵槐树上，我见过一只喜鹊。

"喜鹊。儿子，这是喜鹊。"儿子看了看。

我们继续走，路上满是槐树叶，干绿的，绿黄的。

那是四年前吧，在回来的路上，一座教堂的上方，

有轮刚升起的，很圆的黄月亮看着我们。

今年十月，我们又沿着这条路，去卦台山。

儿子给我们提着苹果、葡萄、橙子、月饼及锅盔，

很重的，走在前面。他说，他曾和我走过这条路。

我逼着他，背英语单词。我突然想起了喜鹊、黄月亮。

槐树叶落满一地。"你记得吗？那棵槐树上

曾经有只喜鹊？还有我们往家里走的时候

那只黄月亮？"儿子说他不记得了。喜鹊和黄月亮

都是我编出来的，他那天根本就没见过。

（原载《读诗》2018 年第 2 期）

松拜的新娘

王　晖

松拜的新娘老了

在老军垦的视线里模糊成一滴泪

五公斤水果糖迎来的娘子

是否还记得那一条睡了十五年的

开满了牡丹花的棉花被子

松拜的新娘老了

63 公里边境线紧紧抱了她五十年

苏木拜河　沙尔套山　中亚草原

是清贫的土坯房最传奇的后花园

那湿淋淋的云常常降落伤感的雨

回老家已成了渺不可及的一种虚幻

出来时十七岁　一个年少的闺梦人

爷娘唤女的哀声远在长江边的小村庄

西北之北这个戍边的女子戍白了头发

籍贯地　有什么能经得住这么久的眺望

麦子　油菜　土豆得到了她的喂养

吃着土豆长大的儿女又降生了儿女

墙头上一只小黑鸟在喂着另一只

紫苏释放的幽香越过了边境线那边的农庄

背枪的小战士见了生人就会害羞得脸红

松拜的新娘老了　这片土地在挽留她

家门口微风中的薰衣草在虚构世间的神话

褪色的衣襟被紫色的烟云撞了满怀

那一串串的花穗结着青春的发辫

遍地的风情没有留下任何遗憾的空白

顺手捋一把　就可以缝制一个香荷包

那些河边的　井畔的　黄昏天窗下的记忆

在北方的界河边上——零落——风干

那个拉郎配年代中忧戚了一生的新娘

以不确定的火苗点燃了绵延几代人的炊烟

（原载《诗探索·作品卷》2018 年第四辑）

旧　物

王二冬

你走之后，所有事物都成了旧的

没穿的新衣，一把火就成了灰烬

没咽的饭菜，一炷香就成了祭品

就连新坟上的土也是旧的

这一次，你终于躺在了年轻时

长跪不起的地方，等待来世

来世，你或许会再次成为新的

我是等不到了，就算再见

我们也不会相识。在我的生命中

你是旧的永恒，吹过窗台的风

也会蒙上你渴望自由的灰尘

旧的窗棂，红漆刷得越多

时光脱落得越快，你走之后

我决定，爱过的就不再去爱了

（原载《诗刊》2018 年 7 月号下半月刊）

樱桃记

王夫刚

树不易栽，但樱桃好吃

母亲拽着我的童年

大声地说——当我从小学校跑到

返青的山野，樱桃熟了

红似玛瑙，黄如凝脂——

教科书上用顶级词汇比拟过的

樱桃，从完美到腐烂

不过一个星期的光景

母亲没有见过玛瑙，也不清楚

凝脂的意思，她用味道

解答生活：酸，或者甜

她用现实主义完成我的教育

舌尖上的快乐稍纵

即逝；青春，不经推敲

（原载《诗选刊》2018 年第 5 期）

蚂　蚁

王单单

蚂蚁们携妻带子

组成浩大的队伍

赶在暴雨来临前

举家迁徙

我随手捡起树枝

在泥墙根下

画出一道横线

瞬间，原有的秩序

乱成一片。许多蚂蚁

来到横线周围

犹豫，徘徊，跃跃欲试

又不知所措。看着它们

迷失的样子，我先是

扑哧一笑，转又

心生悲凉。每当

遭遇过不去的坎时

我又何尝不是这样

（原载《诗潮》2018 年第 8 期）

松林之上的云

王桂林

火车继续

向北方行驶。

从东戈口滩一路前行，水草

变得越来越丰美。

任何时候，阳光

总是恰如其分地照耀

它能够照耀的地方。

站在车窗前，你的嘴唇

已被晨光穿透。松林

使大地毛茸茸的乳房

微微起伏。

你说起那一年

我们住在巴伐利亚的菲森镇，

推门，就能望见阿尔卑斯山山顶，

白雪映照着威廉二世的新天鹅堡。

屋后，是广阔湿润的牧场……

说起茜茜公主，在瑞士，

她住过的地方现已变成酒店。

西班牙钢铁大王八十岁，

每年仍带他妻子去那里小住。

他们用一个小时吃早餐，

然后一整天坐在树下长椅上，

远远看着红色尖顶的教堂，

说话，回忆，打盹，慢慢享用

干燥温暖的黄昏余光。

——我没有说话。我看到

松林上巨翅状的云

垂过林梢，凝止不动。

过了很久，轻轻滑落进

它隐秘沉郁的湾流中……

（原载《青岛文学》2018 年第 7 期）

告　别

王家新

昨晚，给在山上合葬的父母

最后一次上了坟

（他们最终又在一起了）

今晨走之前，又去看望了二姨

现在，飞机轰鸣着起飞，从鄂西北山区

一个新建的航母般大小的机场

飞向上海

好像是如释重负

好像真的一下子卸下了很多

机翼下，是故乡贫寒的重重山岭

是沟壑里、背阴处残留的点点积雪

（向阳的一面雪都化了）

是山体上裸露的采石场（犹如剜出的伤口）

是青色的水库，好像还带着泪光……

是我熟悉的山川和炊烟——

父亲披雪的额头，母亲密密的皱纹……

是一个少年上学时的盘山路，

是埋葬了我的童年和一个个亲人的土地……

但此刻，我是第一次从空中看到它

我的飞机在升高，而我还在

努力向下一一辨认

但愿我像那个骑鹅旅行记中的少年

最后一次揉揉带泪的眼睛

并开始他新的生命

（原载《扬子江》诗刊 2018 年第 3 期）

疗 伤

木 鱼

带回它时满身泥土
在马路边跳，向死而生，准备跨越死神的栅栏
现在，在我为它准备的玻璃缸里悠闲地
游来游去

红色身子，尾巴柔软
瞧，它多漂亮。邻家小女儿摆动着
花裙子，裙子上一枝杜鹃
刚刚绽开

瞧，这多像
接住我的手和十平方米的容身之处
我不信命中注定却暗自坦然
就如我发现并带回了它

如今它在玻璃缸里，躲在叶片下面
为自己疗伤，也为我疗伤

（原载《西部》2018 年第 4 期）

老地方

木槿子

黄昏的时候，我会到通往江一中的老路

走一走，那条弯曲的土路

窄了许多

过路的人，少了许多

野生的植物，却长得葱茏茂密

走了很久，几乎见不到

炊烟，和下田的农人

静静走着，我会想起一些事情

上学的路上，晚霞刺眯的双眼

父亲叮叮当当的自行车声

它们，是我灵魂深处流淌的清泉

是我内心最柔软的疼痛

回来的时候，我摘下裤脚上的黏人草

它戳疼了我的手

这样的事

许多年前的某些个黄昏

也曾经发生过

（原载《滇池》2018 年第 6 期）

圆

毛 子

圆从苍穹、果实

和乳房上

找到了自己

它也从炮弹坑、伤口

穷人的空碗中

找到了

残损的部分

涟漪在扩大，那是消失在努力

而泪珠说

——请给圆

找一个最软的住所

所有的弧度都已显现

所有的圆，都抱不住

它的阴影……

（原载《十月》2018 年第 5 期）

大地风霜

尤克利

曾经，容许我缓慢地成长

容许我内心的爱恨情仇悄悄置换角色

容许我有自己的三角尺、量角器

行动游移却又意志坚定的指南针

与光滑的兜环

彩色蜡笔勾勒出季节与生活的关系

大地风霜呼应来年的春花

容许我有美好的憧憬与长远的理想

心中生出一支支优美的旋律

能使音乐细胞云集，又随风荡漾

如今，要容许我老来聊发的少年轻狂

容许我失眠、失意，些许恐慌

只求在终点安排一个好结局

好让我在历尽艰辛之后还会心花怒放

容许我有一次信誓旦旦一去不返的冒险

当路断天涯追悔莫及时，还能够

在梦中醒来，惊出一身冷汗

容许我戴上一顶飞行员威武的帽子

容许飞机平安降落，再见了高路云端

你不再是我附庸风雅的向往

（原载《九州诗文》2018 年第 9 期）

记忆：糖

牛庆国

那么热的天　父亲从县城回来

从兜里掏出一把糖

不用猜　肯定是 8 个

我们兄弟姊妹每人一个　共 6 个

一个给奶奶　一个给母亲

我们嘴里嚼着糖的那个下午

阳光都是甜的

那块小小的糖纸　被我舔了又舔

直到把颜色都舔淡了

这才贴到墙上

像一张小小的奖状

父亲看我们的眼光　也很甜

过了好些天

不记得我做了一件什么好事

还是受了什么委屈

母亲从贴身的衣袋里摸出一颗糖

是那天的那颗

她剥开糖纸　咬了一半给我

把剩下的半颗又小心包好　装了回去

那时　我看见母亲也咂了咂嘴

只是剩下的那半颗糖呢

是后来给了弟弟　还是给了妹妹

或是给了奶奶呢

半颗糖　让我想了好久

那时的糖　怎么会那么甜呢

（原载《文学港》2018 年第 4 期）

在表叔家

牛庆国

小时候我在表叔家门口的学校念书

我和表弟好得像穿一条裤子

下雨天我和表弟就爬在他家的炕头上

喝着表婶做的拌汤写着生字

字都写得歪歪扭扭

像表婶的拌汤中大小不一的面疙瘩

那时　表叔就坐在我们身边

不停地捋着山羊胡子

呼噜呼噜抽水烟的样子

好像他一直就那么老

老老地看着我们的年轻和不懂世事

偶尔说起些往事

老得就像拐弯抹角的老县志

比如同治爷的时候　杏儿岔有几户人家

比如袁大总统的时候

我们家怎么和他们家成的亲戚

还比如那年咱这里过队伍

谁跟着走了　一辈子都没有消息

说着说着

屋里就只剩下比他小十几岁的表婶了

表婶如今坐在空空荡荡的炕上

老得连颗热洋芋也啃不动了

忽然想起一个童养媳的经历

她就会一个人哧哧地笑

把卧在身边的小狗也吓了一跳

（原载《读诗》2018 年第 2 期）

沉　默

天　天

所有的命名我都不要

日落之前，我提着祭坛上抛却畏惧的躯体，

我想去看你。

天黑了，天地间的小勺

还在一点一点喂我喝下命运的汤汁。

我想，这一生就送你到此。

潮水推开尚未腐烂的夏天，

星星独自闪耀时，

我几乎要把来世也捣成悲欣交集的碎末。

或者，大海和雪我都不爱。

我舀去言语的泡沫，夜空恍如昨日。

我写下一行诗，

在命运不能左右的路上。

（原载《星星》诗刊 2018 年 6 月上旬刊）

光阴谣

瓦　刀

细雨无骨，照样举着一把锉刀

将伟岸的冷秋，一寸一寸锉短

秋天，终要沉沦在这雨水的绵密里

"不要说自己顶天立地

这尘世还没有一口顶天立地的棺材"

枫叶被秋雨反复冲洗，红得狂野

是一棵树暂时的欢愉，不代表秋天

一个人来了，一个人走了

一个人守着湖光山色，想起了刀光剑影

一根白发，落在黝黑的地板上

（原载《读诗》2018 年第 2 期）

天 堂

风 言

从堂屋到灶房需走八步

到鸡窝十五步，到猪圈二十二步

——圈里的猪崽被你惯得不成样子，淘气

挑食，石槽常常被拱得东倒西歪

从家门口向东拐，走一百多步是菜园

向南拐，走一千八百多步，然后爬一个小坡

是咱家三亩半口粮田

向西拐是一片树林

林子里有摘不完的浆果，捡不完的蝉蜕，钓不完的鱼虾

——这里是我的天堂

若穿过树林向西再走两千多步，是柳庄

——我外婆家，你的娘家

从咱庄向北走二十七公里，向西拐再走十五公里

是县医院

妈妈，你再多走一步，只一步

就能看到爸爸给你选的墓地与我的天堂接壤

（原载《人民文学》2018 年第 3 期）

南　山
风　荷

在南山，嘴角嚼着青色的草茎

她是鲜活的

她是一头好看的麋鹿

风从四面吹来，西面的风里有祝福

南风递来爱

北风警觉，带着一点点的鞭策

最数东风浩荡，说不出动用了多少的忧伤

打开了神经末梢的花蕊

神秘的晨光在她的身体里聚拢

在她的南山，有无数发亮的植物，在缓缓上升

一株桂花树觉察到自己

是其间最寂静的

因为寂静，而忘了前世成群的

孤独……也因为静

听见了一头神秘的大象踩着落叶走来的声音

（原载《文学港》2018 年第 5 期）

愿　望

方石英

去天空打铁吧

用黄昏赤诚的寂寞

锻造一把镰刀，一个人

收割往事

翻七七四十九座山

只为盗取仙草

让远在天边的你

突然醒悟，其实

我是一个不坏的坏蛋

选择秋天回到海边

在星空下喝酒

在波涛中死去活来

我把石头与盐粒

统统还给你

只留一根乌黑的长发

裱在宣纸上，等你

白发苍苍的那一天

我要把这段细细的青春

亲手交还给你

（原载《长安》诗刊 2018 年第 1 期）

戏楼前

邓朝晖

每一株花朵都是前世的姐妹

饥饿猛于萧瑟

我系紧围巾，手伸进口袋

寻找宿命的温暖

自小对戏台有偏爱

知道父命难违

一个小旦有齐腰的长辫

她清秀，大眼睛

穿碎花方领的确良长袖

不同于戏台上的挥舞

她走过我

无视于一个八岁戏迷狂喜的目光

她的每一出我都记得

如同历数自己童年时代的悲欢

我听不进母亲的规劝

宁愿相信公子多情，小姐薄命

最爱鸾凤呈祥

驸马爷遇见多难的公主

我有成人之美

不想见生离死别

挥舞的大刀只是道具

你今晚的华美只为博取我

片刻的欢心

冬天冷得让人心疼

舞阳河水一天短似一天

你看不见格子之外的世界

武将军彩鞭佯装打马

为一个英名在番邦屈辱了一生

（原载《诗探索·作品卷》2018 年第一辑）

荆轲塔是件冷兵器

石英杰

微光渐渐退去。这件冷兵器

遗留在空旷的大地上，只剩一个剪影

像小小的刺

扎进尘埃，扎在诡秘的历史中

将枯的易水越来越慢

像浅浅的泪痕

传奇泛黄，金属生锈

那名刺客安睡在插图里

天空下，那个驼背人

怀抱巨石一动不动

他的头顶

风搬运浮云，星辰正从时间深处缓缓隐现

（原载《星星》诗刊 2018 年 2 月）

夜雨寄南

东　涯

大雨将至，我不知该对你说些什么

窗要关好

车子不要停在低洼处

如果一定要外出，记得带伞

不要在大树下避雨

也不要因为天光晦暗而难过

有些时候有些雨，注定会淋湿我们

现在，大雨已至

我要对你说的话，不比天上密集落下的雨点少

它们带着甜菜的气息

带着海洋里蛤蜊的气息，还有沙漠里的

鼠尾草的气息……所有这些

都化成酒的气息

这时如果我想起你

内心的潮水

绝不逊于这场大雨所带来的洪水

但我什么也没说

只是看着大雨落下来

想象"思君若汶水，浩荡寄南征"

想象一滴水

奔向另一滴时所发出的光芒

（原载《中国诗歌》2018 年第 1 卷）

秋风还乡河

东　篱

我来时，秋风已先期抵达这里

用两岸的衰草和偶或一见略显孤苦的小野花

迎候一颗满是深秋况味的心

水面如镜，径自西流

一些水草躬着身，徒劳做着挽留的姿势

一条河流似乎也能印证众生安养的地方

我的体内有万千河流日夜喧响

但是否真有一条名还乡

它曾锦鳞游泳，岸芷汀兰

我可曾真正走进它？并终将殊途同归

"过此渐近大漠，吾安得以此水还乡乎？"

近九百年前，一位亡国之君如是悲叹

而今，我身在故乡，却不知故乡为何物

（原载《诗选刊》2018 年第 4 期）

一个人死了，可以用来生偿还

北　野

这么热的天气。这么干旱。

你不在建筑工地搬砖。

你背对海水吸烟。

人们都说烟草有毒。

挂在铁丝上的熏肉不以为然。

挂在风中的思绪飘得很远。

远方的黄铜炊烟。

远方的火车，星星，与打马狂奔的少年。

远方的黑夜与红灯闪烁的短波无线电。

那是我曾经的草原。

琴弦断了，可以用牛皮修补。

一个人死了，可以用来生偿还。

（原载《青岛文学》2018 年第 6 期）

成长史

卢卫平

给父亲抓完药

母亲给我买了两个鸡蛋

头天晚上，星星闪亮

母亲就说要带我到镇上

看看汽车，见见世面

还要奖励我鸡蛋

我瘦小，面黄，额头长包

父亲生病后，我有一个月

没见过鸡蛋。从村里到镇上

要过一条河，枯水季节

可以直接从河滩走过去

比过桥要少走一里路

母亲给我剥鸡蛋，看着我吃完

看着我用手擦了擦嘴巴

母亲左手提着父亲的药

药里有黄连，也有甘草

右手牵着五岁的我

从河滩往回走

走上河堤时，母亲说

这一河的卵石要是鸡蛋该多好哇

母亲说这句话的声音

跟在耳背的爷爷面前

说话的声音一样大

也许是吃到鸡蛋高兴了

也许是听懂了母亲的话

从镇上回来，十里山路

我只让母亲牵着我

回到家里，母亲当着父亲的面

夸我，平儿长大了

村里七八个五岁的小孩

就平儿不要人背

从镇上自己走回来

（原载《特区文学》2018年第5期）

咏　叹

叶　舟

白云悲伤吗？白云的

悲伤不告诉我，因为

它身旁坐着佛陀。

鹰悲伤吗？鹰的

悲伤看不见我，因为

它的翅膀披满了佛光。

石窟悲伤吗？石窟的

悲伤已经熄灭，因为

鲜花和飞天在此出没。

我悲伤吗？我的

悲伤显而易见，因为

大地寒凉，已是秋天。

这高地，这永恒的使命，却依旧滚烫。

（原载《扬子江》诗刊 2018 年第 1 期）

秋风辞

叶　梓

周六的上午

她照例加班

更多的时候

她像一台高速运转的机器里的部件

不可或缺，签字、批阅财务报表、洽谈……

欣慰的是，偶尔，只是偶尔

她能退回到房间一隅的一架古琴后面

面前的茶几上

有一盏默默倾听的紫砂壶

不知出自何人之手的梅花，开得很艳

梅枝上的鸟，像喜鹊

（喜鹊喜鹊

你也会为我们祝福吗）

琴声起

树叶落

并不连贯的琴声，声声似刀

手起刀落，有人缴械投降

甚至，交出被掏空的心与未知的未来

她弹的是《秋风辞》

在民国《梅庵琴谱》里，这是一支闺怨的曲子：

秋风吹散了梧桐叶

满地的金黄，看不出明月的前生

看不出一颗心易碎得如同一件精美的瓷器

（原载《北方文学》2018 年第 3 期）

野鸭与白鹭

叶　辉

野鸭和白鹭

停在离岸不远的湖中

头朝向浅岸，石头还有芦苇

一棵乌桕微微晃动，几个小时

野鸭在睡，穿着那件

老旧的蓑衣，白鹭注视着它

或轻灵地收起一只脚，佯装俯瞰

水草摇曳。天空湛蓝

像在某种远古的时间里

白鹭和野鸭，它们之间的静谧

隔着白光和灰暗的倒影

隔着不同的时代

突然野鸭飞走了，傲慢的嘴

肥硕的尾，从湖面上升起

只留下白鹭，独自站在一片涟漪里

湖面之上是正午酷热的寂静

（原载《诗潮》2018 年第 6 期）

野　渡

叶丽隽

是啊，我一直渴望着

过上一种

流水一样的生活

离城二十里，依山傍水之地

寻下一栋旧屋。瓯江在这里拐弯

水面变得宽阔

恰如我，人生至此，泥沙俱下

怎能不敞开，不浑浊

滚滚向前啊

我的觊觎之心——

那江上寂寥的渔夫、那岸上荷锄的农人

笑声爽朗的卖柑者

我一一羡慕。我能做些什么呢

蔚蓝苍穹之下

火车穿过山腰，白云隐在峰顶

橘花开得漫山遍野

细碎的花瓣飘落

去年的果子半埋在泥土里，静静地腐烂

而埠头上

那艘已经离岸的庞大渡船

此刻却缓缓折了回来

把我捎进远远的呼喊和马达的喧嚣声中

捎进人群中

（原载《人民文学》2018年第9期）

裤腿上的清晨
——少年记事

叶延滨

我知道童年已经不能回来

因为我再也找不到

沾在裤腿上的清晨

那是沾在裤腿上的花粉
淡黄色的南瓜花蕊
那是大肚子蝈蝈的歌唱

我知道童年已经不能回来
因为我再也找不到
沾在裤腿上的歌唱

那是沾在裤腿上的芒刺
野草把种子发芽的叮咛
变成小路一样的诗行

我知道童年已经不能回来
因为再也找不到
沾在裤腿上的诗行

那是托在草尖上的露珠
朝霞显影奇幻的色彩
沾在裤腿上的彩虹

啊，童年啊，就是闯进清晨
一条被露水打湿
又被朝霞晾干的记忆

啊，记忆啊，记忆中的童年

是晶莹的透明的充满了
薄荷草气味的早晨！

（原载《诗选刊》2018 年第 5 期）

自画像 2017

叶菊如

必须有一树火红的石榴，开在窗前——

如果非要说出真相
那就是一记一记钟声里
又一记，真切的喟叹——

多久了？在相守与流放之间
我拿不准尺度
无路可退时
甚至借助一个人的舞蹈
甚至对着那片栀子花，泣不成声——
那千山万水的起伏和百转千回的疼痛
是必须要经历的吗——

但此刻：栀子花微微地动
就像一个人

对余生

"沉寂、无言，而又苍茫"轻轻说不——

（原载《诗探索·作品卷》2018 年第三辑）

我很好，谢谢你们

叶蔚然

我也想说

生而为人的耻辱

对不起了

伤害了你们

当我看到曾经的爱人、朋友　渐行渐远

销毁

给予我的

爱

还有

诗

我的心

又涂抹了一层　黑沥青——亲爱的人

生而为人

仍爱你

为你祝福

这是我在小镇生活的第九年

写下的

想你

如沐春风

（原载《诗潮》2018 年第 6 期）

父亲的油灯

田　禾

夜晚来临，夜色当头浇下

父亲披着蓑衣从田野归来

他轻轻划一根火柴点亮一盏油灯

他怕火柴划断，浪费掉

一根火柴，只轻轻地一划

父亲养着一群孩子，还养着

一盏油灯。他把孩子越养越大

却把一盏油灯越养越小

他没有把灯火挑亮一些

他说，太亮了，费油。微弱的灯光

照见了他的贫贱和卑微

给灯火一间房子

父亲把光明装起来

他自己被一团黑暗吞噬

其实父亲就是我们家的一盏灯

不知在点燃灯盏的那一刻

他是如何吐出内心的光芒

（原载《读诗》2018 年第 1 期）

离别轻一点好

代 薇

站台上，嬉笑声推着行李箱

一群年轻人在送别

没有眼泪和心碎

就像高铁时代

丧失了距离与远方

现在似乎只有死别才是别了

科技太发达

在一起，不在一起

早就是肉身的事了

离别显得没那么重要

想起多年前毕业

和一个同学去搭公交

他去火车站，我去码头

分手时走了好远

回头看见他还站在那里

朝我挥手……

一生一次再见

再也没有见过

一代人渐行渐远

寡言中离别，沉默中回忆

离别轻一点好

（原载《读诗》2018 年第 1 期）

槐花飘落

白 兰

这一地槐花　说出了飘零

这高悬于枝头还未飘落的

如英雄就义之前

谁说放下了就一切空过

看这树冠上的叶子　一天比一天茂密

一条蛀心虫正期待着结果

我们也曾盛开过　经年事已经不值一提了

发虚的身体与疼痛的骨节

告诉你：生命正进入一场叛乱

连这小小的槐花都走不出春天
那些被繁华覆盖过的
又有多少春秋

槐花还在飘落　这奢靡又易逝的小花
这林叶遮蔽的静场
都可以掂量出一条命的斤两

（原载《诗林》2018 年第 9 期）

东山顶上

白　玛

四十岁，妄以为不惑，搬进山里
获良田七分，头顶浮云好几片
春日忙播种，地里都是铺排生死的人
一把茴香种子的命运贸然由我决定

小栗子树是从集市上带回的
一夜细雨如叹息，是我求来的
百花开疯子，把我晾在一边，抹胭脂无用
整座山如同一个怀孕的中年母亲

土地日夜酝酿大事：关于蓝尾雀的和野刺玫

捎带养蜂人的盘算，瓦砾上单薄的反光
我试图吟唱的野心消退于夏季
我的主意古怪又多余

一座山安顿所有。在群星注视下
包括一条小蛇，我在涧沟那里遇见它
包括被人类以名词裹挟的草木种种
山里有光阴，却没有回忆。不被过去打扰

除了长眠墓地的人，除了四下游荡的我
算上竹林里以手掩面的和土豆地里歇息的几个

山中人烟向来稀疏。我得适应树木的想法
和野草的习性。还要令斑鸠不因我的脚步受惊

对土地而言，赞美之外的任何言语都是多嘴
冬季允许劈柴、生火，但模仿一个托腮的
思想者就难免可笑。和树木山石相比
我的构成过于繁复：姓氏、年龄、后天的本事
来历不明，去向亦成谜

圆月亮只光顾我们东山顶上
圆月亮只安放于东山顶的树梢上
照耀墓地也照耀清冷的几户灰屋檐
这也是不败岁月里黯然一景，是首无言啜泣之诗

（原载《诗刊》2018 年 4 月号下半月刊）

又到母亲节

白　海

三年前的雷响着，雨下着
每一滴雨落到地上
都跪着

分不清哪一滴是雨
哪一滴是泪

一场雨陪我，跪下
面对苍天大地

祈求满身的疼痛放过母亲
满天的雾霾，放过人间
满腔的悲痛，放过我

（原载《星火》2018 年第 6 期）

温　暖

白庆国

早晨，父亲倒掉的炭灰是温暖的
琐碎细腻没有一粒沙子

那落在炕上的一堆花布是温暖的
母亲在不定的时间里
把它连缀起来，做成铺垫

二叔的羊毛是温暖的
我多想把手指插进去

九点钟照在墙根的阳光是温暖的
那里蹲了一群老头

我的邻居是温暖的
早早起床，扫净了一条通往外面的路

我也是温暖的
因为他们的温暖温暖着我

（原载《诗探索·作品卷》2018年第四辑）

她要是回来问起我

包文平

柴门之内，我把一切都收拾妥当了
梅花树下的土是新翻的，散发着朦胧的香气
倒下的篱笆已经扶正，我把酒
还放在原来的坛子里。文火温热，

就可以驱离料峭春寒和满身的孤独

她要是回来问起了我，你就告诉她：

柴门虚掩着，轻轻一推就开了。

屋内还是原来的样子，老照片挂在墙上

像她喜欢的那样

桦木做框，有旧时光的味道

这么多年，南山的菊花开了谢谢了开

融化成了暖暖的泥，我也没有心思采摘

墙角的石凳上新落了几枚竹叶——

我一直在想一个有关她的比喻：

晨起倚窗前，珠帘轻卷

轻柔的光线拂过眼睑之后，微微蹙起的眉……

以前的日子她就坐在凳子上，读着一部宋词

她要是回来问起我，你就说

月光溶溶，杏花疏影里

我用每一个夜晚为她写诗，但不要——

说出我的名字

她要是回来问起我，你就说"天气真好啊"

其时，外面可能正在下着雨

（原载《诗探索·作品卷》2018 年第二辑）

无证之罪

冯　娜

我曾目睹一只老鼠的死亡，在一堆下药的谷物前

我曾目睹一只山羊的死亡，在磨出豁口的刀刃间

我曾用一块石头堵住蚂蚁松软的巢穴入口

我曾绕过一座拥堵的大桥，听说有人一跃而下

我曾在冬天取走了一个人的誓言

被爱的人，早就学会了做伪证

整天刮着镜子背后的水银

离开的记忆，在玻璃上流连了一会儿

我也和诸多幸存者一样，戴着皮手套

在数不清的声音中翻拣稀薄的光亮

偶尔敞开一线房门，端坐

像一个等待着浪子归家的慈母

（原载《诗刊》2018 号 5 月号上半月刊）

蝴蝶消失

玉　珍

我遇到一只蝴蝶

它很大，离我很近

像曾在外公葬礼之上见过的那只

那是他出殡后的清晨

一只蝴蝶在我们中间飞舞

停在了我手上，一动不动

这样持续了几分钟，在棺材抬起的时候

它突然朝山那边飞去，消失了

那是我外公的墓地

他们抬着棺材穿过那座桥

走向那座山

太阳像蝴蝶的眼睛那样望着我

它是冷的

在寒冷的千重山之下

我的外公像蝴蝶消失那样被埋葬

（原载《汉诗》2018 年第 1 期）

我从未与世界如此和解

吉　尔

我见过世上最清纯的月亮

在寒夜的苏巴什城，她长久停留

我看到世界黛蓝，佛教黛蓝，寒凉亦在黛蓝中

我们对着镜头等月光变幻——时间如河

我从未这样对月亮痴情

也从未这样内心柔软，在月光里飞翔

整个晚上我们都在等月亮升起，等她靠近古城

溟蒙中，靠近前世

我们拿走那一夜的月亮，卸下白日的苍凉

我们拿走黛蓝的手记，风吹醒亡灵

我们与这残城的寂静多么融洽

穹窿孕育，佛香聚拢

我们内心澄明

在这纷繁的人世仿佛绝尘而去

（原载《铁门关文艺》2018 年第 1 期）

暮春笔记

亚　楠

紫槐都凋谢了，花香

还在。小白杏铆足劲喂养自己

这个过程很短暂

其实也就那么几天工夫吧

膨胀，在阳光里着色

增加糖分

都是这个春天最让我着迷

的事情。即便如此
紫槐还是凋谢了——

暮春时节……该走的
就走吧，留下的还将继续
充实自己

当然，春华秋实的道理
我也懂。只是不忍
看啊，紫槐都已经凋谢了

（原载《山花》2018 年第 6 期）

病　中

西　厍

病中的你不好看
蓬发垢面，窝在床上不肯
下楼。你说，今晚我一个人睡
你到隔壁去……

病中的你把一生的脆弱
摊给我看。不肯梳洗，不肯吃饭
不肯睡觉
用咳嗽把夜撕成一块块布片

病中的你口无遮拦

随随便便把死挂在嘴边

却又要我推背，摁压脖颈

要我把疼痛从你身体里挤出去

病中的你灰暗憔悴

年轻与美貌仿佛在你身体的荒野里

一夜走失。我终于有机会

成为你的拐杖

病中的你不再好看

撩开你遮覆下来的额发

一双比年轻时候还大的眼睛

落寞着、期期艾艾着让人怜悯的美

（原载《诗刊》2018 年 4 月号下半月刊）

德江一夜

西　楚

你我本草木，不该相识

不该借这场雨

把彼此留在德江

留在山一程水一程的命里

我们得有孤独的勇气

甘于把一种角色，活得

恰如其分，诸如

贵阳、安顺、毕节、铜仁

甚至更远处的甲乙丙丁

或许偶尔遥遥相望

却又假装，不曾看穿

戏中人的身份

这一夜，德江无言

我们戴着傩面

在岸边对饮

直到体内注满涛声

我们耳语，有如密谈

说过的话，都消失在时光里

（原载《诗歌月刊》2018 年第 8 期）

真正的富足

吕　达

木质八音盒，是我拥有森林的一部分；

一只小陶笛，是我拥有音乐伟大的一部分；

幽默的侍者递给我们一只大汤勺

是我们拥有时光快乐的一部分；

什刹海的冰面在夜色下反射着岸边的灯光

是我们拥有人类的一部分；

地下铁里，我第一次离你的睫毛如此近

是我拥有你的一部分；

你把围巾绕在我脖子上

是我拥有你的爱的一部分；

你有一个姐姐，你们有着多么相似的眼睛

是你拥有生命神奇力量的一部分；

看见遥远的星辰

是我们拥有浩瀚宇宙的一部分；

现在你也可以把它称为曙光。

（原载《诗刊》2018 年 4 月号下半月刊）

精灵勤奋的玻璃工人

吕德安

比想象的要早——他

几天前来过一次，忘了带

尺子，只好用手上下比画

把尺寸记下

接着整个星期过去

再没有他的消息

我想，那些窗户恐怕他

迟早还要再来量一次

"同样的尺寸，一共两扇！"
这是我在大声喊——
那时我在后院的花园
而他已经爬了上去

而此刻轮到他冲我喊
在那片玻璃外面
在不断地变化手势
想来需要某种帮助

一个哑巴，又腾不出手
那样子像冻住似的
中间隔着一个季节
背后的雪里停泊着汽车

多年之后，我还记得这一幕
那一天，我还在睡觉
他已装好玻璃，房间
顿时变得清新，温暖

（原载《作家》2018 年第 7 期）

清 晨

朱 零

我俯身吻你

时而激烈，时而缓慢

像沙滩上的救生员

在给溺水者

做人工呼吸

而你也像一个真正的溺水者

从我的深吻中苏醒、复活

重新回到人间

多么希望你

每天都在深吻中醒来

而我，这个不合格的救生员

总是像巨浪那样涌向你

淹没你、融入你、拥有你——

多么高的潮

直至海水退尽

沙滩上一览无余

（原载《诗刊》2018年4月号上半月刊）

那只杯子是另一个我

朱建霞

曾经，那秘而不宣的欣喜
沉浸其中
曾经，千百次
重复盈满的过程

哦，一切都过去了
从百里之外来到这里
现在，它在墙角
和肃穆的空气为伴
虚空，把它作为栖身之地

有时候，我想
那只杯子是否是另一个我
看似一切在掌控之中
一切又都没有把握

（原载《飞天》2018 年第 2 期）

星月之光

伦　刚

我喜欢所有的光，有一种光是冷的

那是黑夜匠人制造的星光晚宴

它那么远，像记忆深邃而遥不可及

像心灵渴望的美和高度

许多个月夜，我沐着月光走进荒野

攀上深渊之上悬空的绝壁顶

眺望浩瀚无垠的天穹星月辉映——

人世万物在眼前消失了

我见过火月亮

就挂在原始森林牛房西边的上方

移向野牦牛翻越的荒凉险峻的垭口上空

巨大无比，金黄，高悬苍穹

诗意饱酣，像老友突至的拜访

难以忘怀，难以置信

辉映我心灵的孤独和苍茫的憧憬

有一次，我们夜间沿山脉徒步西行

马儿打着响鼻，牦牛哗哗踩响石子

驮着盐、酥油、糌粑、大饼、奶饼、奶渣……

为无人区荒野采虫草的木雅人补充供给

我们跟在牲口的臀尾，赶着它们

连绵的雪山冰峰在星空下更加庞大阴森

始终在我们的左侧，随我们一路西行

火月亮出现了，在雪峰之巅硕大金黄

那一刻，我心魂抽搐震颤

仿佛置身于太古之初的寒疆荒漠

伸手就可碰到高天的月亮

而黑暗的深渊激流就在脚下恐怖地砰訇怒吼

（原载《诗刊》2018 年 6 月号下半月刊）

梦　境

华　清

原野上的一只小兽气喘吁吁

当她对我开口，红唇中露出了宝石

晶莹的石榴。那八月的甜蜜始自

五月的火红，花瓣褪去，露出了胀鼓鼓的

小果子。但奇怪的是，它并不柔软

石榴的枝杈并不回避，那婆娑的衣服

让它的身体轻盈，看起来如一只风筝

从东邻的篱笆翻墙而出

有关石榴的故事大约只能讲到此

必须要交代的是，在达利的绘画中

它的开裂中飞出了一条鱼，而鱼射出了

投枪，投枪指向一个梦中女人的

性感裸体。而这一切，则是出自一只虎

张开的血盆之口。而对于我来说

在这样的画中，我只能是一只

在远处徘徊的大象，从龟裂的海边泥土中

将记忆慢慢翻出

（原载《读诗》2018 年第 4 期）

诗与生活

朵　渔

头顶上星空的棋盘刚布好局

脚下是日夜流淌的伊犁河

酒局刚散，我们讨论着严酷的现实

和不可能的未来，似乎已无路

可走，但生活又在一年年过下去

这样就挺好，虽然很无奈

毕竟还有诗，将我们带进虚无里

他说他因忙于生计而无法进入诗

我不同，我因长时间生活在诗里

以至于无法进入生活——这是

我们的不同，但也难说谁对谁错

也许正是那不是诗的唤起了爱

那不是爱的填充了生活……

我们沉默着，月光洒满伊犁河

（原载《山花》2018 年第 3 期）

回　声

庄晓明

就这样，山谷的入口处

我们等待着回声

它如期而临

一部分，又从我的胸前

反弹回去

我相信，它不会消逝

或许，仅仅滋养了山谷的寂寞

但山谷的野花，此刻

摇曳得多么美丽

（原载《诗选刊》2018 年第 1 期）

我喜欢粗陶胜过精致的瓷

刘　年

做一只陶罐真好，会被那个女人抱走

陶壁，吻合腰线

装一罐清水，在菜地边

白天浇苦瓜，晚上，养一只丰满的月亮

落雨的日子，她会把我抱进屋里，装紫薯酒

酒喝完了，我一直空在那里

邻居，会拿我来装她的骨灰

（原载《青岛文学》2018 年第 4 期）

鸟鸣声

刘　郎

一天之中数次听到它们
在楼层与小叶榕之间
忽而响起，当你就要忘记的
时候。它们再次响起
提醒你，它们的存在

而若你刻意去寻，也并
不能确定它们，究竟出自
哪片枝叶，哪个窗台，
甚至，哪副喉咙。仿佛
它们的倏然而起，倏然
而逝，只是为了提醒你
不要总是工作，或者贪睡

提醒你在遗忘和铭记之间
还有很多值得一做的事情

是这样的事情支撑着我们

像这几声鸟鸣支撑着整个白天

（原载《诗歌月刊》2018 年第 8 期）

静　物

刘　浪

主人走了，现在是自由活动时间

三只橙子仍在原来的位置，对身边

示威的水果刀无动于衷

鼠尾草还在花瓶里，熏衣香还在

壁橱中。皮鞋没有走出鞋柜，礼帽并未

飞离衣钩。陷下去的床垫还坐着

一个完整的臀形，吸管上的牙印丝毫没有松口

桌椅有腿站着军姿，沙发有轮

也不开动。打火机没有发火，水龙头没有

哭泣。被分错类的卡片没有从一堆

爬到另一堆，垃圾也不曾跳出来澄清自己

维纳斯保持在缺陷里，蒙娜丽莎

定格在微笑中。钢琴里的贝多芬由聋而哑

《圣经》里的耶稣

反复读着自己被处死的那一页

镜子不肯放过对面的墙，墙

也不打算回避另一个自我

碗依然盛着生活的饥饿，杯子继续抓住

自己的空无。只有墙上那根走动的指针

一刻不息，证明这屋里从来没有真正的静物

（原载《广西文学》2018 年第 7 期）

这是一道什么坎儿

刘一君

父亲穿着棉袄

坐在被窝里看《参考消息》

屋外冬阳晴暖

但他不能像往常那样

走到院子里散步

初秋的时候

他刚做了心脏支架

室内温度显示十度

七架空调全部静止

天然气锅炉也没工作

我已经懒得争执

把这些设备全部启动

父亲眼巴巴地看我

坚持说他躲被窝里不冷

我曾说

如果你们觉得这房子太大

烧暖气费钱

我可以再给你们买套两居室

无果

每年入冬以来

这是我和父母最大的斗争

他俩月收入一万

也再没爹娘亲戚要关照

我留给老娘有银行卡

随用随刷

以我的想法

他们已没有任何省钱的理由

懂老人的朋友告诉我

这究竟是道什么坎儿

如此难过

（原载《诗潮》2018 年第 4 期）

关于如何做一个男子汉

刘东灵

关于怎样过好这个冬天

我还没有好的建议

只记得小时候和父亲去雪地拔萝卜

我需要两只手，他只需要一只

沙土地适宜种"春不老"

个大的甚至能装满我的小背篼

我记得父亲会生吃一个

我有样学样

先是辣得我说不出话

然后是一种清甜让舌尖很享受

那些年，每年冬天父亲都带我去拔几次萝卜

不管寒冷，不管泥泞，不管背篼重不重

关于如何做一个男子汉

父亲并没教我太多

我只记得雪地真漂亮

眼神好，甚至能看到一两只奔跑的兔子

（原载《青年文学》2018 年第 2 期）

玻　璃

刘立云

现在我是一块玻璃：平静，薄凉

保持四季的恒温

阳光照过来，我把它全部的热情

奉送给窗台上的植物，书架上的书籍

花瓶，从远方带回来的泥塑

和阳光中飞翔的尘埃

雨水打过来，我让它止于奔腾并成为静静流淌的

河流，泪水，这个时代的抒情诗

我就是一块玻璃，在你的眼里

视若无物，因为我是透明的，约等于虚无

空幻，哲学中的静止或不存在

这是我的精心布局。在你的视线之外，意识

之外。现在我磨刀、擦枪

每天黎明闻鸡起舞

在奔跑中把一截圆木扛过来

扛过去，如同西西弗斯每天把那块巨石

反反复复往山上推，又反反复复

看着它从山上滚下来

然后我傻子一样再推，再推，再推

是这样，我在你的视线之外，意识

之外。我希望对你来说

我是不存在的，就像阳光穿过玻璃

让雨水和风雪，在我面前望而止步

当我破碎，当我四分五裂，你知道

我的每个角，每个断面

都是尖锐和锋利的，像凝固的火焰

（原载《人民文学》2018 年第 8 期）

九行诗

刘红立

五月十九日，黉夜，怀春的猫

九只，初夏的小区是它们的暖床

交欢似乎是美妙的，但有十之八九的深呼吸被人们拒绝

一个人坐在有九个书柜的写字桌前

试图用九根手指同时敲打青蛙的腮帮和蟋蟀的薄翅

留一根伤残的大拇指连续按九次回车键，节奏不分明

但统统九声一行。他要赶在天亮前

写一首九行的小诗，烟缸里

缥缈谐音的心绪，猫声正在撤离

（原载《诗探索·作品卷》2018年第三辑）

致友书

刘星元

这些年，因为我的拥兵自重

兰陵已经成为一座野心勃勃的重镇

无数个黄昏，我在泇河沿岸

一个人孤独地排兵布阵

等待你们在美酒和诗歌的诱引下

从各自的藩镇点齐兵马

前来讨伐。等待你们向着我

沿路包抄，一次次攻破我应生活之请

层层加固的城池

我手捧投降书迎你们进城

我头顶陈情表送你们出城

你们走后，盘踞兰陵城的还是我

我身上长有反骨，称帝的贼心

依然不死。在兰陵

孤家寡人真的就是孤家寡人

我的孤独，放不下高于俗世的身段

只有远方的你们，有资格践踏

我宠爱的名为诗歌的美人

作为对手，我们的灵魂在尘世彼此依附

当我在尘世失重

我就会从心里扯出一面反旗

凭借春天的草木起兵

（原载《青岛文学》2018 年第 2 期）

迎春花开了的时候

刘成爱

迎春花开了的时候

柳树也开始吐絮

我在写一封寄往天堂的信

写着写着

所有的字都变成了嫩黄

这时候，母亲

正和两个孙女在空地上放风筝

晨光下

母亲的身体金光闪闪

我试着用相机去拍

却发现母亲在一点点消逝

像一片上升的云彩

慢慢淡入天际

我擦完眼泪

再去擦镜框里的母亲

感觉她的眼角有些潮湿

（原载《诗探索·作品卷》2018 年第一辑）

日子就这般一去不回

关晶晶

一片树叶落下，落在时间的尽头

起风了，万物涌现，众神归位

我忆起童年，明亮如此刻

碧水生起绿藻，池鱼和光而卧

北方的天空流火

骄傲的智识纷纷扰扰，纠缠不清

那是文明世界的一团谜

任何身份都耻辱啊，如风中扬尘

一半星光一半雷鸣

瞧，山背后是云起之地

高原上的夏夜来尽，秋风已凉

日子就这般一去不回

（原载《读诗》2018 年第 4 期）

离乡行

衣米一

那时多年轻

从不考虑生死

女儿尚小

远没有到叛逆期

父母可以永远活着

想吃他们做的饭菜

就回一趟娘家

一部《泰坦尼克号》电影

重复看七遍

那时，杰克和露丝

鄙视金钱

貌美如花

男不言婚，女不言嫁

爱情饮水饱

那时，做梦

都想离开湖北

不离开，就找不到他乡

不离开，就找不到故乡

（原载《汉诗》2018 年第 2 期）

我和你的样子
——给女儿

灯　灯

黄瓜花在清晨，是嫩黄的样子

不比天牛在黄瓜叶上，天线接收旧信号

不知所措的样子

亲爱的，这也不是我想描述的

我和你的样子

雨在昨夜下过，其中一些

落进你少年的梦中

梦中，你拼命抓住考题、作业

你拼命

想看见花开

雨水滑过睫毛栅栏

我在梦外

守着你，但守不住雨水

这也不是

我描述的，我的样子

你经历我从前没有经历的生活

所以你不可能成长成我

有一天

你会像我一样不知所措，像我一样

担忧、沮丧、挫败……

那时，你和我的样子不同

但相似

你会想起我，而我想起我的母亲

（原载《山东文学》2018年第6期）

我曾冒雨看过一场电影

江　非

我曾冒雨排队看过一场电影

电影中有一支队伍在冒雨前行

经过一个山谷时有一个受伤的士兵昏倒了

等他醒来，队伍已经消失得无踪无迹

他只好冒雨爬向了附近的一个村子

电影放映到这里，故事还远未结束

后面还有很多的情节，很多的场景

但多年后我又想起这部电影

回忆总是到这里为止

因为在他醒来的时候摄影师给了他一个特写

当银幕上出现了他睁开的双眼时

我看到了人死后又重返人世的神情

（原载《诗潮》2018 年第 5 期）

邂　逅

江一苇

石凳上的女孩在编织一只蚂蚱笼

如果不看她手中翻飞的麦秸秆

她专注的样子，会让人以为

她就是上天送给人间

一尊完美的雕塑。草丛中，石凳旁

万物都以该有的样子，

为她保持着该有的静止。

树影越来越斜了，

我静静地站在另一只石凳旁，

没有人知道我在等什么。

夏天很快就会过去，

这只是一个平常的下午，

我想鸣叫。我有蚂蚱一样的孤独。

（原载《星星》诗刊 2018 年 4 月上旬刊）

照片里的亚龙湾

江红霞

我们坐进自己搭建的帐篷
父亲说，真美，可以在这儿
住上几个月
所有人都及时点头附和

晚霞给父亲的脸镀了一层金光
他笑得像个孩子
好像不知道
这是自己最后一次旅行

夕阳，海水，椰树
音乐在沙滩流淌
我们自动筑起沉默的城堡
不敢有一丝动静……

此刻，消失的父亲坐在亚龙湾的
黄昏，命令我，不许哭

（原载《星星》诗刊 2018 年 4 月上旬刊）

弓箭手

汤养宗

我见到最好的弓箭手是个不完整的弓箭手

只有弓，没有箭。只有

千斤力，没有射出。只有境界

但彻底放弃了目标

我第一次被皇帝的劝告感动了

接近挖地三尺，接近这是

失败的劝告，接近他也好不到哪里去

"我不是射手，只做不射之射"

弓箭手拉满不带箭头的弓

当的一声，空中便掉下心胆俱裂的大雁

"我只射空气，不射任何可射之人"

（原载《滇池》2018 年第 5 期）

有故乡的人

安　琪

仅仅只需一架回乡的飞机就可填满天空的空旷

仅仅只需一个回乡的人

就可让机身变得沉重，沉重地穿越气流
颠簸如同起伏的心事。

仅仅只需一个词就能告诉你我也是有家的人
漳州，漳州
多年前我写过，我很快就要背井离乡。

漳州，漳州
为什么你要问它在哪里？
你的问如此残忍，如此无知！

仅仅只需敲打此诗
就能让我眼眶湿润
如果你为此流下了泪，你就是我的亲人
我打开家门
我来到客家楼
我坐在图书馆，就好像
我从未离开你们。

（原载《读诗》2018 年第 1 期）

在牧场

安　然

我羞于说出它，在起风的夜里

我羞于说自己隐秘的年龄

很多时候，我羞于说出

自己的贫困，像干树叶一样

在秋天隐匿

我在瓦蓝的天空下

和水里的云彩并排立着

我望着远方，熟悉的人向我招手

呼喊我的名字，一遍又一遍

在吹皱的河面上，一遍又一遍

我并不知道，一饮而尽的

是我的倒影、万顷草木

与些许弱小和谦卑

一遍又一遍，在牧场

在起风的夜里，我羞于说出

一个成年人的无奈

（原载《人民文学》2018 年第 5 期）

地铁，打手机的女人

许　敏

仅凭衣着和相貌，很难判断

她的年龄，和我乡下的堂姐

相仿，她一上车

就吸引了众人的目光，瞅瞅

没有空座位，就一屁股

坐在地上，从携带的行李

看，应该是初次

出远门，沿途的风

都刻在她的脸上，从国贸

开始，她掏出手机，不停地

打电话，声音大得

所有的乘客都回头观望

没人听懂她在

喊些什么，五公里路程

全是乡音，我有点担心

她坐过站了。人，一拨拨地上

又一拨拨地下，呼吸相混

都一脸沉默，一脸迷惘

只有她，兴奋，略显疲惫

一个人，对着电话

旁若无人地倾诉

满口乡音，没有人听懂

她在倾诉些什么

是来打工，寻亲，抑或上访？

暮色，很快降临这座城市

在钢铁的体内，一个打电话的女人

她的悲欢无人知晓，地铁在驶近

或者远离，和我一样

她手里握紧的是她唯一的故乡

（原载《诗刊》2018 年 7 月号下半月刊）

我是被时光磨损的废品

那　萨

下山时，他们正好上山

我用四目巡视，他用微笑迎向

与老人们碰头、碰脸、拥抱

嘘寒问暖，母亲说

小时候我和他是认识的

帅气，灿烂

仿佛，我是被时光磨损的废品

杵在人们问安的路口

羞涩地，不知所措

（原载《诗探索·作品卷》2018年第四辑）

迷　途

孙方杰

没有多少爱，多少事物，让我告别

故乡已经回不去了，我想和童年的伙伴

灯深夜语，有的已经故去

有的已经被生活逼成了哑巴

我想成为他们寻找拯救的向导

而自己却走进了迷途

谁能够给我忠告和解脱

谁能够为老年送回青春，为孩子送回童真

为少女送回梦想和爱情

我在刹那与漫长的光阴之间

看孤单和大风，在流年轻度中隐现

我路过了母亲怀胎，十月分娩

路过了少年轻狂，青春张扬，还在路过中年的彷徨

我还活着，还能扬鞭驱骑，寻找更远的路途

看着流星滑落在明亮的海面

我恍然明白，我就是月亮的一次盈亏与圆缺

一粒尘土的升起又落下

（原载《泉州文学》2018 年第 2 期）

业拉山九十九道拐

孙万江

茫茫高原，云的雪豹。

九十九道拐是九十九节鞭，抽打险峻。

站立在山口。大风吹起业拉山，吹皱一道道山梁。

山在云中，路在脚下。

九十九道拐是九十九条冰封的天路上的河流。似舞动的绸带，

卷起山峦，卷起藏东。

惊。鸟飞绝，车难行。

艳。山上雪花开，山下桃花红。

一个叫嘎玛的村庄，像几亩青稞散种在高高的天际。

（原载《诗探索·作品卷》2018 年第二辑）

河州砖雕

阳 飐

河州自古多英雄，英雄多感叹生不逢时

晚了江山，晚了美人，晚了自己

刀枪剑戟生锈，夕阳长草

换一把雕刀，浅雕改透雕，改镂空雕

雕一壁《江山图》，英雄煮酒美人倚栏

美人看大夏河水，流过足踝

美人不知道，风吹瘦了她的腰肢

吹热了又一代少年的心

（原载《读诗》2018 年第 2 期）

蚂 蚁

羽微微

如果把那只蚂蚁放大

像只鸟儿一样大小

我们就不会那样掐死它

轻易地，毫无罪恶感地

因为痛苦的表情，能看清了

扭曲的身体，能看清了

乞求的或愤怒的眼睛，能看清了

甚至能听到呼号的声音

但现在不是，蚂蚁太小太小

小得像装不下痛苦

小得像没有装上一个真正的生命

（原载《诗潮》2018 年第 6 期）

一整夜情歌

任 婷

有一天我们围坐在小酒馆

他坐在我旁边唱了一整夜的情歌

唱那种比老情歌更久远年代的歌

唱那些习惯了的爱

唱那些追不回的爱

唱给他那得不到的情人

他唱了一整夜的情歌

我们都无法跟着唱

他唱了一整夜的情歌

最后他说他很快乐

说是悲凉的快乐

（原载《汉诗》2018 年第 2 期）

听着夜空下的虫儿发呆

苇青青

我坐在窗台前

对着夜空发呆

听窗外虫儿，吱吱吱在歌唱

在歌唱的虫儿已身处秋天

立秋已过，秋分马上来临

虫儿似乎不觉，它们依然在歌唱

用最好的嗓音

想着这清纯的嗓音不久就要中断

好像一夜间，喊着一二一沉入地底而眠

我忽生悲凉。这虫儿来世上一趟

竟走得这样匆忙

而此刻，我庆幸它们在歌唱

虽身处草丛，又埋入黑暗

没有名字，命运薄轻

但它们依然在歌唱，用沉沉的欢畅

我的虫儿世界的兄弟姐妹

我害怕你们突然中止了纯洁的声音

在深秋临近的某个晚上

我听到了，时间之摆在嘀嗒嘀嗒逼近

像逼向紧随其后的人类

但，你们仍然在歌唱

用最好的嗓音

叫响天籁

（原载《北京文学》2018 年第 5 期）

世事苍茫

花　语

世事苍茫

有我达不到的

和去不了的

如你唯美，精致，挑剔又封闭的内心

如我年少轻狂，紫色淡淡

再也复制不了的丁香

如歌剧高亢，转弯处

我们来不及细细品味的花腔

如铁路道班铁轨

被来来往往的火车

蹭出的光亮

爱得迷乱，又荒凉

世事苍茫啊

来不及细想

我的恋人，你如何狠心

一次又一次，用闪电般的狠话

将我击伤

（原载《飞天》2018 年第 6 期）

向普通读者介绍一位诗人朋友

严　彬

有种近乎怜悯的感觉，

让我默默看着她：

她像文学修女一样活着，

生活清贫，禁止了外来的情爱，

有一双冰凉的手，她们尖叫，

一个人被自己围困。

没有好看的外貌，
没有傲人的学历，
不会交际的性格，
一整年都在找工作，
她曾被闺蜜抛弃……
一个女孩的不幸浇在她身上，
在租来的通州空房间里，
白色卧室，两排鞋柜，
花花绿绿的衣服她常穿出来，
将自己打扮得像个修女芭比……

她将自己的诗和小说发给我看，
她期盼自己的话剧能在 2016 年演出，
将我拉入她认识的五人剧组：
2016 年过去……
她就是这样。

几年了，
我们见过几面，
不怎么说话，
她也不嫌弃我沉默。
没有刊物发表她的诗，
没有人演她的剧本，
男人们都忘掉了她。

如果命运眷顾，

愿她会成为阿赫玛托娃，

而不是茨维塔耶娃……

（原载《诗林》2018年第2期）

脚手架上的女人

苏　龙

"拉——再拉——起——再左一点——好了——"

她站在脚手架上向一位男工友大声喊话

"只要爬上脚手架，我常常会把这里当作我家

工友，砖头，水泥，钢筋，铁锨仿佛

就是我的男人，儿子，牛羊，蔬菜，农具

而在夜里，当我孤零零一个人躺在工棚

那无边的黑像一群虫子，咬得我不能入睡"

当她说这些的时候，我感觉一群虫子

正在我身上悄无声息地咬着

这个叫孔改香的女人来自四川，今年47

已经三年零九个月没回过一次家

（原载《诗探索·作品卷》2018年第二辑）

遇　见

苏历铭

并不是所有相遇都会停下脚步

在行走中，我们与千万人擦肩而过

人们长着相似的面容

像一只麻雀，遇见一群麻雀

无法看清彼此的眼神

除非一场深入内心的感动

血脉偾张，让头顶的发丝倒立起来

心跳是生命的鼓点

我们却越来越不相信手中的木槌

在自己激励自己的光阴里

怀疑不断敲错节拍

我厌恶穿貂皮大衣的女人

用生灵的命，装扮自己的如花似玉

依旧掩盖不住身体的肮脏

我赞美朴素，开满山冈的格桑花

每一朵是那么的灿烂

遇见是百年修来的福报

可遇而不可求，一旦变成生命的一部分

必是一生的痛

我还没到老年，无法揣度真正的怀念

一路前行的时间里

不会轻易驻足

我把相遇视作最美好的事情

比如遇见雨后的彩虹

横跨天边，而一生的雨中

风不断吹残树上的嫩叶

脚下已是满地的落英

更多的相遇是在镜中遇见自己

人到中年，渴望遇见少年的自己

鬓角早已泛白

像初夏时节，突然遇见

纷纷扬扬的雪

（原载《诗林》2018 年第 5 期）

黄鹤楼下

苏历铭

登黄鹤楼

一层层攀缘而上

直至触碰空悠悠的白云

长江蜿蜒穿行

千百个楼宇遮蔽碧空下的孤帆

公交汽车缓行于桥梁之上

依旧那么慢

故地重游

我的鞋底早已沾满一地的泥土

多想抖落尘埃

重新变成不谙世事的孩童

或者一只翻飞的麻雀

离别是短暂的不见

有时却是一生的永诀

李白送别他的兄弟

烟花三月，不过是去了扬州

而现在的离别往往消失于

茫茫的人海

坐在揽虹亭的木椅上

看庭院的梅花

一簇簇地闪耀生命的火焰

春风摇晃风铃

叮当响的脆声里，一只静卧的猫

忽然站起身来

（原载《诗林》2018 年第 5 期）

春天把我们吹出声来

苏笑嫣

整个冬天　我们与植物一同沉寂

稍后春天就把我们吹出声来

三月　三只燕子　引领三轮日光

光线开放：一座玫瑰花园

空气潮湿　泥土芬芳

寂静是青绿的　凝眸是湛蓝的

你的睫毛抖动如一只蝴蝶

细小的幼苗　开始酝酿绿色的苦味

这初始的细微与青涩　就像我爱你

当明澈的光流散在你指间

我渴望以玫瑰与黄昏的语言对你倾诉

那些我难以诉诸字句的话语

而你的声音是星星下清澈的水

是春之流光中惊醒的万物的搏动

明亮在你眼睛更深的地方

简单如静水与阴影的寂静

这时间就像永不　又像永远

所有的浑浊嘈杂都隔离于此间

我们的灵魂清透明绿　飘荡如风

在世界的窗明几净之间

（原载《绿风》2018 年第 4 期）

秋日之诗

杜　涯

秋天，山峰向碧蓝的天空里高耸

我似乎听见它温和的问话："你还在

那里吗？你是否还记得自己是谁？"

一棵槐树或法桐亮出了黄叶，像词语

一年一次，它用油彩写出印象派诗歌

在缭绕着轻雾的安静原野上

天穹辽阔、寂静，向远处的深邃里漫去

我望着那里，一如往日所有的凝望

我听见自己含泪的声音："你在哪里？"

一生，我都在大地上行走，在夜晚寻找那颗星

当我在许多个晨曦中醒来，霞光照在河岸和树林中

又一次，我在你的庇护中向着未知起行

而今，天空高远、深蓝，像亘古中的每一天

我已得到肯定的回答——一切的群山、群峰上的

寂静，一切的朝霞的光芒或忧郁，我们明天相见，重逢

别了，大自然；别了，永恒不变的黄昏处的影像

我多想留在树丛边，仰视你时空里的永在庄严、沉静

不可挽留地，树木的黄叶哗哗地落下

而一阵秋风却从空中带着音律吹过

像谁的安慰之手，轻轻拂过万物的哀愁

（原载《诗刊》2018 年 2 月号上半月刊）

爬　山

杜立明

坐在这个山头

和那个山头相望

也许它听懂我要说的话了

扔过来一封信

那只鸟飞翔的样子像一个

句子

秋天的羊肠小道

我们真的在秋天的身体里吗

我看见红色的血，像阳光

如果是，那我们就成了它身体里的虫子

我们有害吗

大山想让我们留下

故意把路藏起来了

它想让你和我在这里繁殖

就像繁殖星星

我们能找到自己掉在草丛里的影子吗

天已经黑到心里了

天黑后，山里的每一块石头都活了

就像我们习惯在黑夜死去

我听见你叫我了

这时，我在爱着你

（原载《滇池》2018 年第 2 期）

黄　花

李　庄

我已记不清是 2004 还是 2005 年夏天

去的韩国。在三八线南侧的一座桥上

我看到了那幅照片：泥土浅埋

一只钢盔生锈的弹洞中伸出一枝黄花

我已记不清摄影家和黄花的名字

记不清钢盔属于哪方部队，

更无法知道钢盔被一颗什么型号的子弹

击穿。那个戴钢盔的人是谁

那枝黄花从那个人的额头里生长出来

在我的脑海中摇曳

（原载《诗探索·作品卷》2018年第四辑）

斜

李　壮

闭起一只眼睛望去

能看见万物的斜

树木的尖端斜着倒伏

雨水的末梢斜着落地

秀发的弧度斜出了头颅

皮鞋斜出了脚

猫斜侧着飞奔

去追一只不存在的老鼠

一声招呼斜刺里杀出

自行车向左拐

楼房的高处有看不见的斜

你知道，大地原本是一枚球体

此刻想着你，我意图说些什么

可话一出口

便立刻偏离了本意

也许有一天

我老得口斜眼歪

这图景会重新矫正回来

又或者，两种斜将叠加成直角

我与世界两者之间

势必将躺倒一个

（原载《人民文学》2018 年第 5 期）

局　限

李　琦

真是悲哀，被深深吸引的地方

我又一次力不从心

面色苍白，嘴唇乌青

几乎奄奄一息。"你这是高原反应"

我这可怜的、来自低处的人

肉身的尴尬和沉重

本身已形成隐喻或者提醒

天地大美，我却如此不堪

连呼吸都开始困难，如弥留之际

绝美的雪山和潮水

大自然最为幽微神奇的地方

那些魂魄之处，必有玄妙和暗藏的机密

而此刻，这一切正逐渐对我关闭

高原，这个词是泡开的雪菊

颜色渐深，缓慢散发着清冽的凉意

我是过客，即便来过数次

也只能是拾取领悟的碎屑

因为懂得，什么是局限

有些暗示，竟是从晕眩中获得

比如，什么叫作——适可而止

你看，那和牦牛在草地上玩耍的孩子

简直金光闪闪！那是默契的光芒

那个孩子，他张着两臂奔跑

随时都会飞起来，变成云朵或者星星

远处，一群矫健的小羚羊

听到动静，忽然怔住，蓦然转身

头颅的轮廓，那么优美

停顿一秒，而后，它们似有所悟

继续奔跑，轻盈的身姿

飘逸如幻觉

（原载《诗刊》2018 年 8 月号上半月刊）

窗 口

李 瑛

坐在窗口，一朵云

轻轻地掠过屋顶

天高地远魂飞苦啊，瞬间

飘去了哪里，再无踪影

是啊，二月的雪，三月的风

四月雨丝打湿的布谷鸟的啼鸣

面前所有的一切都将消失

再见到的已不是原来的生命

是啊，八月月色，九月流萤

十月野草下秋虫急管繁弦凄切地合鸣

无论是窗口共振的天籁

或一张张重叠变换的风景

对永恒的自然

我们只是列车窗前的过客

一闪而过，匆匆，太匆匆

转眼间，海浪——天风——

面前所有的一切都已消失

见到的再不是原来的生命

都去了哪里，我们曾经

爱过恨过的万物

任你千呼万唤，再无回应

该到何处去寻找

它们的哭，它们的笑

也许只能有赖于你

灯下的诗，枕畔的梦

（原载《人民文学》2018 年第 3 期）

一串风铃

李　瑛

母亲走了，妻子走了

我被埋葬了两次

再听不到她们的声音

再看不见她们的眼睛

是谁在我窗前挂了一串风铃

花穗般摇曳，小鸟般啼鸣

轻轻地拍着这座大城

风掠过就丁零零丁零零絮语

又像来自遥远的歌声

使我又回到青春岁月

身边多少心酸的背影

一件件痛苦的记忆

常流自心底、骨缝

每天只盼回到家里，听到

妻子的召唤，母亲的叮咛

一声声擦净我渗血的伤口

拍我入梦

为什么至今我总想起

浅水边一穗清瘦的芦花

大城墙角一枝凄美的小花

看不清她们的脸

只感到臂弯里满是

浓得化不开的一片亲情

扶我跋涉过阵阵苦雨凄风

母亲走了，妻子走了

我被埋葬了两次

不必问是谁将这串风铃挂在窗前的

就让孤独陪我静静地倾听

呷一杯苦茶、一盏淡酒

在它摇曳的爱里思索人生

（原载《人民文学》2018 年第 3 期）

正午笔记

李　瑾

忽然就喜欢上了暮秋的美。我看见

宣武门天主堂停在钟声里不肯离去

五叶槭悬浮在金黄中

不肯坠地

一群鸽子咕咕咕叫着，它们的翅膀

落满了光，和一栋民国年间的红色

砖瓦木建筑毗邻而居

三五个老人面目慈祥，他们的动作

在几个需要照料的婴孩身上得到了

短暂缓和

竹子还是翠绿的，它挽留着自己的

影子，将斑驳的、摇摇欲坠的慈悲

安置在一场即将迂回而来的雪事里

这样一个饱和的正午，我是多余的

一条窄巷

经过我，拐了个两道弯儿又离开了

（原载《诗刊》2018 年 4 月号上半月刊）

寻人启事

李小洛

不要向山下扔石头

也许有一天，那找我的人前来

还会沿着这条路重走一遍

他一路在悬崖边张贴着寻人启事

寻找我在这个世上

遗落的诗稿和经卷

有时候，我听见那

喊我回来的声音

叫停喧嚣，叫停风雨

有时候，上山的路途

你和行人的心一样

充满未知的忧愁和恐惧

必须紧紧抓住一种向上的力量

那么近，那么远

有时候我们就隔着一层纱

一栋楼，一个过道

几棵稀疏的植物

有时候，墙是铜的、铁的

上帝用他的竿和杖指引我们

可上帝也有规定的旨意和时间

不写诗，在夜晚

你只是独自枯坐

你用手指在桌面上写：

爱是永活的

而我，多么想告诉你

并没有什么可以永活

太白山顶，也其实没有盛开的雪莲

你来找我，美而危险

（原载《合川文艺》2018 年第 4 期）

忆西湖

李元胜

还记得，骑着自行车

从漫天黄叶的灵隐寺下山

我们张开双臂，那一瞬间

倾斜着的西湖

像一个微微发光的漏斗

很多年了，不再骑自行车，
也很少张开双臂，只是默默喂养着
用经历过的倾斜群山和城市
用那些追悔莫及的时刻

又一次，在西湖边坐下
我们聊天，辨认彼此的锈蚀
谈论到各自喂养的小湖
一切突然安静，就像
有什么重新穿过我们
悄无声息地回到湖水之中

（原载《人民文学》2018 年第 7 期）

长安秋风歌

李少君

杨柳青青，吐出自然的一丝丝气息
刹那间季节再度轮回，又化为芦苇瑟瑟

陶罐，是黄土地自身长出的硕大器官
青铜刀剑，硬扎入秦砖汉瓦般厚重的深处

古老块垒孕育的产物，总要来得迟缓一些
火焰蔓延白鹿原，烧荒耗尽了秋季全部的枯草

我曾如风雪灞桥上的一头驴子踟蹰不前
秋风下的渭水哦，也和我一样地往复回旋

一抬头，血往上涌，一吼就是秦腔
一低头，心一软，就婉转成了一曲信天游

（原载《十月》2018 年第 1 期）

西山如隐

李少君

寒冬如期而至，风霜沾染衣裳
清冷的疏影勾勒山之肃静轮廓
万物无所事事，也无所期盼

我亦如此，每日里宅在家中
饮茶读诗，也没别的消遣
看三两小雀在窗外枯枝上跳跃
但我啊，从来就安于现状
也从不担心被世间忽略存在感

偶尔，我也暗藏一丁点小秘密

比如，若可选择，我愿意成为西山

这个北京冬天里最清静无为的隐修士

端坐一方，静候每一位前来探访的友人

让他们感到冒着风寒专程赶来是值得的

（原载《十月》2018 年第 1 期）

下　山

李长平

在爱尼山听民歌三月六

村口的佛手把头慢慢伸进野草

靠近地面

靠近暮色

父母在着么山成路

父母不在么路成山

那犁田的人甩着鞭子

抖动着铁链

他的歌声跌进石羊江

把哀牢山冲出一个巨大的缺口

让风雨进入林海

凄苦的江水，追逐着咸涩的大海

夜里那么多虫蛙叫喊

萤火虫各自把灯点亮

山路很陡

下山的人须一路小跑

（原载《诗选刊》2018 年第 2 期）

青雀村的小女人

李不嫁

这么久，很少遇见年轻的女人

所以一个孕妇让人侧目

圆滚滚的肚子，配一张白净的脸

一看就是从很远的地方

回娘家来养胎

等瓜熟

蒂落

她在门前赶鸭子下河

河水清澈无波，那些鸭一路小跑着

和她一样步履蹒跚。嘎嘎地叫唤

掩去了

一个外乡人的祝福

荷塘的一侧是莲藕

五月含苞，六月开花，七月结莲子

另一侧是菜藕，与花事无关

只一个劲地绿着，一个劲地在淤泥里掰手腕

（原载《诗潮》2018 年第 4 期）

孤独的寨子

李田田

自从许多人搬离寨子

春天就变得空大

漫山野花没有人看

小鸭子的水塘安安静静

一只野白鹤休息

扛柴的爷爷也不会在意

通往山上的泥路上

只有牛草横行霸道

那些吊脚楼，很多不冒烟

只剩下骨头

（原载《诗探索·作品卷》2018 年第二辑）

遗　照

李克利

腌咸菜的坛子是旧的，芥根和萝卜

是新的，它们的体内贮满了咸涩的泪水

木头饭橱是旧的，碗碟是新的

换了好几茬了，不愿意再到里头居住

缝纫机是旧的，灰尘是新的

一层又一层，压住了缝补灯光的许多个夜晚

没烧完的柴火是旧的，火焰是新的

映亮了我们的悲伤

餐桌是旧的，父亲旁边空出的位子是新的

每逢节日，会多摆上一副碗筷

黑暗喜欢灵魂返程，这些物品都是你的

它们在等你回来。你的遗照属于我

遗照是旧的，我的擦拭是新的

母亲，每抚摩你一次，我都想哭

（原载《青岛文学》2018 年第 1 期）

青　台

李阿龙

俯身在桌，淡黄色，味道同雨

窗台，散放的课本，水杯上热雾氤氲

不远处，一团牵牛，葱郁未开

青藤纤细，沿着风，爬上暗润的石台

一天一天。每次，起身伸个懒腰。

我看着你，面向窗台。发丝结了青涩的花骨朵。

还要等多久呢？

"快开了，一场一场雨水催着。"

"可惜啊，这花开了，我们就毕业了。"

（原载《诗探索·作品卷》2018 年第三辑）

青　涩

李林芳

夜里落雨，青涩的柿果敲着屋顶的瓦片

敲一下，骨碌碌滚三下

还是坠落下来，这雨中最大的一粒

砸在地上的小坑，也是青涩的

还是有几枚落进苫顶的麦草

落得安稳的现世

说起早夭的孩子，奶奶八十岁还抹眼泪

我六岁的小叔，健壮，结实

"他该像他那么高的"，看到高大的男人

奶奶都会看向大坪地上一小抔的突起

小小的坟头咯着一村人的心

他永远都不会那么高了，我看向院子里的柿子树

早晨的空气新鲜、清凉，柿果在花阴凉里

等阳光，一些正在饱满

还有一些不时落下

这喂养命运的点心

因化不开的青涩而苦，而硬

我想跟着我六岁的小叔一起唱

"柿子饽饽，过来坐坐"

（原载《延河》2018 年第 10 期）

落地生根的雪

李欣蔓

翻过天山，母亲在雪中白了头

挥动的红纱巾如莲花盛开

从山顶下来迎接我们的父亲

身上披着厚厚的雪

仿佛刚刚收拢起一双巨大的翅膀

他帽子上的五角星闪耀着

让我慌乱的心趋于安宁

这时，我才开始仔细查看这些

从天而降的神奇的洁白

——它们是无数颗雪的心

在爱的冰天雪地里细微地跳动

当我试着，伸出手掌
它们簌簌落着，瞬间，让我感到了
疼和酥痒——仿佛在生根
从我的手心迅速地涌向了灵魂

（原载《诗选刊》2018 年第 4 期）

青蘋之末

李轻松

风起之处都是细小的——
在青蘋之间，起于一念。
我被风劫持到此，爱被蒙了面
我一步三摇，碎步行至空旷处
那绊倒我的水袖、水草和水仙
都在风中退后、观望。
是一段唱腔将我扶起：
"眼看他起朱楼，
眼看他宴宾客，
眼看他楼塌了——"
我的桃花扇刚刚打开
更大的风雪就封了我的口——
我要借的是东风还是西风？

都被一把刀抹杀。被闪到一边的蝴蝶

一半吹到湖面上，一半吹到林梢上

我忍住春天，忍住鸟鸣里的水、万物里的金……

（原载《诗林》2018 年第 4 期）

遗　物

李满强

那是三年前的秋天，72 岁的父亲

坚持从手术台上站起来，回到乡下的老屋

秋阳暖暖地照着

天空蓝得没有心事。父亲，母亲和我

在下院里靠墙坐着。父亲在吃烟，母亲在择菜

我翻着一本书。有一搭没一搭说着话

——一切似乎是昨天的事

三年之后，也是这样的一个下午

在下院里，我和母亲两个人。她在择菜

我在翻书。天气开始转凉

——秋风已经无比盛大

它吹过我的脸颊，吹起了堂屋的门帘：

已经变成黑白照片的父亲，在桌子上

深情地凝视着母亲和我

（原载《星星》诗刊 2018 年 3 月）

仿佛旧时光

李砚德

不到七点就打开炉子，烧水

米粒从指缝细细地滑下

刚刚被解救的火苗呼呼叫着奔拥向烟囱

而墙外正淋漓这小雨，不堪负重的云层

越压越低

天空依然宏大，铁灰色的凹方形

此刻我只能看到瓦脊，它们和妈妈头发一样的颜色

哦，妈妈。这些仿佛旧时光

湿漉漉的淌着小河的巷子

滴着水珠的豆角，风过就微微战栗的薄荷

这些年来我就像一片浮云漂泊

像草叶背面的一滴露珠。我隐忍着

又放纵着，经历着又忘记着

是你给我故乡，你若不在

我去哪里安慰一段痛苦的流年

今天正好七夕

翻滚的小米粥里，我放了一小撮盐

（原载《汉诗》2018 年第 2 期）

风度张九龄

杨　克

隘子镇，石头塘

一块鲤鱼形的山地

突兀的鱼眼睛

立着布衣少年张九龄

他躬身，膀子肌肉绷紧

一柄瓦亮的锄头，扬过头顶

猛地挖下，锄刃切进泥土

砾石摩擦发出清脆的声响

一轮轮挥动、回转、砍下

土块夹杂草根，不断翻出

形成新鲜湿润的土坑

他蹲下，屁股撅起

小心翼翼种下一棵桂花树

用脚踩实新泥

从井里拎来半木桶水

葫芦瓢舀出，浇下

开元的形骸。如月上桂华

影影绰绰

此时山峰如聚，万壑奔流

林涛怒吼，去游冥冥

孤鸿一生，何须见海

肉眼之限，返思归心

思来江山外，望尽碧波生

一个鲤鱼打挺

海生明月，朗照他跃上唐诗第一首

流光万里同

地窄山高，奈怀远者何

（原载《人民文学》2018 年第 5 期）

我的大学

杨　角

这些年，我已在体内

建成一所大学，自任校长

所有课程全天候开放

文科在左心室区域，工科在右心室区域

研究生和博士生，安排在心脏部位

甚至可以高出我的头顶

动物学、植物学、社会科学平衡发展

白天上汉语课，入夜上外语课

一旦发现谁被暴力和猪油蒙蔽了心脏

加修一学期《圣经》

善良是校训，专业不细分。遇崇洋媚外者

多学《孔子》与《孟子》；对好吃懒做、脂肪过剩的人

集中上体育课，参加义务劳动

苦了那些学子，摊上一个写诗的校长

搬寝室，课程搞混，是常有的事

女生住进了唐朝或民国，男生搬往隋朝和宋朝

动物学在人群中上课，美术课改在了森林中

本校长尊崇人性，倡导个性

凡打铁超过嵇康，挥锹不弱刘伶，大肚能容天下难容之事者

皆可毕业

对心怀杂念、自以为是，在校区内装神弄鬼之辈

一律留校察看，迁往体外的 B 区

由蚂蚁和瓢虫上课，教他们从最小处学起

（原载《诗刊》2018 年 4 月号上半月刊）

冬　阳

杨　强

冬天按照自己的喜好装修了这个世界

连一只麻雀飞翔的姿势也是冬天的

天空也是
它是生产白雪的工厂

太阳也是
它显得弥足珍贵

老人眯着眼在屋檐下
打盹。一个村就安逸起来了

几个我叫不出名字的老人
我突然喊出了他们孙子的名字

我突然温暖起来
就像别人看见我奶奶
突然喊出我的名字一样

（原载《诗探索·作品卷》2018 年第二辑）

瓦　事

杨　隐

经过一场台风，屋瓦
已经凌乱不堪

中堂的泥地，湿滑难行

大清早，父亲喊来了瓦匠

瘦瘦的，矮矮的

一个戴着草帽的中年人，眯着眼

将一张长梯架在屋檐边

抄起十几张新瓦

利索地往上爬

我和父亲站在下面，仰着脖子看他

站在屋顶的瓦匠

比站在地上的瓦匠要高大和挺拔

他斜着身子，走在瓦垄间

弯腰拾掇瓦片

不时把一些石子随手丢下

神情专注，俨然在田间拔草

整整一个上午，瓦匠

待在我家的屋顶上

像一个从云端下来的高贵的神

他一定看见了很多我无法看见的事物

乡村的边界，河流的走向，天使的羽翼和坠落的

流星，以及彼时幼年的我扔上去的牙齿

而写一首诗与侍弄一堆青瓦究竟有何区别

当我从词语的水库中仰起头

我又想起那一年、那一天、那一个上午

那个眯眼睛的瓦匠

当他把一片破损的青瓦取走

当他把被风雨搅乱的瓦片理顺、摆好

各就各位，秩序井然

他终于直起腰来

脸庞被一种奇异的畅快占据，熠熠生辉

（原载《人民文学》2018 年第 5 期）

回　忆

杨　黎

1984 我 21 岁

要到 8 月我才满 22 岁

我写了《街景》

一条冷得骄傲的落叶路

特别是当年春节

好像也在 2 月

成都远郊的风好大

我和女友李某

骑着自行车

去看另一个女友

她也姓李

那时，我不知道三角恋

到后来我们

都是路人，某和某某

（原载《诗潮》2018 年第 8 期）

给母亲的一封信

杨庆祥

我一直想隐瞒，她读的书不多
中年以后，几乎不修饰自己
她也几乎不爱我和弟弟
她只爱父亲，经常大吵一架
然后又在黄昏一块散步

她说话声音越来越大。做菜放了
太多的盐。有时候会掉进一根头发，
花白的。我把它偷偷挑走
抬头笑着说：妈妈

我都这么大了其实我没有给她写过信
电话也很少
我们对彼此都没有要求

她从来不提自己年轻时的美貌
好像那是一件穿破了的衣裳——
不过偶尔
她会要求我给她买一件漂亮的外套

她觉得会有很多人爱她的儿子
所以一直很放心
虽然事实并非如此，我还是会

笑着说：嗯，妈妈

有时候是在梦中

有时候

是在我恋人的耳旁

（原载《扬子江》诗刊 2018 年第 4 期）

蜘　蛛

杨泽西

夜晚，我摊开一张世界地图

准备研究人类文明的构成时

一只笔尖一样小的蜘蛛掉在了上面

我用手指轻轻地触碰它

它立刻缩成了一团

我用笔尖去挑它

它也立刻缩成了一团

我用嘴轻轻地去吹它

它又立刻缩成了一团

当我终于忍不住

想要用笔尖把它扎死时

一道细长的闪电从夜空划过

我立刻缩成了一团

回过神后

我看到整张地图上所有的板块

都缩成了一团，一整张白纸上面

只剩下一个笔尖一样的小黑点

接着，那只小蜘蛛从里面爬了出来

（原载《诗刊》2018 年 5 月号）

收集云彩的人

吴乙一

她从采集云彩开始，学习制造彩云

她从高山来到大海。也到过城市

在地铁通道，听见盲眼艺人

弹奏出白云般的民谣

进入地下室，与阳光擦肩而过的一瞬

就此跟丢了云彩

她抓住过红云的软

见过的人都尝到了糖一样的甜

也曾被乌云的尖锐割伤手指

血滴掉向蓝天。她询问遇见的每一个人

包括穿灰长袍子的古人

一定要亲眼见到他们收藏的云朵

记住它们的形状、质地、重量

味道、颜色。她用泪水一一交换

养在不同的玻璃瓶，或同一个木匣子里

她跟随南风去过政府，到过博物馆

看着人们在公园跳起广场舞

她独自爬上木棉树，观察云行走的姿势

她生下一群孩子

给所有云涂上不同颜色

但也有无法描绘的，如透明、暗藏的声音

她已租下月亮的一个角落

铺上月光和露水

准备种下收集到的所有云朵

我们都相信，人间一定会长出形态各异

五颜六色的云彩

（原载《汉诗界》2018 年第 3 期）

不一样的冬天

吴小燕

11 月 20 日。大雨下了整整一天

女人们坐在老屋前

大声谈论

今年以来的天气

田园的收成以及一条河流的方向

炊烟袅袅挂上树梢

外婆种下的南瓜苗

早已爬上了猪舍

没有人在意。秋天已然走远

最小的妹妹就要踏上北上的列车

她黑框眼镜后面

是湖北一望无际的冬小麦

和村口老柿子树上跳动的红彤彤的喜悦

（原载《诗探索·作品卷》2018 年第三辑）

孤　篇

吴少东

秋后的夜雨多了起来。

我在书房里翻检书籍

雨声让我心思缜密。

柜中、桌上、床头，凌乱的记忆

一一归位，思想如

撕裂窗帘的闪电

蓬松的《古文观止》里掉下一封信

那是父亲一辈子给我的唯一信件。

这封信我几乎遗忘，但我确定没有遗失。

就像清明时跪在他墓碑前，想起偷偷带着弟弟

到河里游泳被他罚跪在青石上。信中的每行字

都突破条格的局限，像他的坚硬，像抽打

我们的鞭痕。这种深刻如青石的条纹，如血脉。

我在被儿子激怒时，常低声喝令他跪在地板上。

那一刻我想起父亲

想起雨的鞭声。想起自己断断续续的错误，想起

时时刻刻的幸福。想起暗去的一页信纸，

若雨夜的路灯般昏黄，带有他体温的皮肤。

"吾儿，见字如面：……父字"

哦父亲，我要你的片言只语

（原载《诗歌月刊》2018 年第 7 期）

后　山

何向阳

后山的杏花

开了

我还不能

分辨它的

五瓣

粉白

正如没有你的

这个十年

血仍奔流在

赭色的树干

推杯换盏

谈话间

后山杏花已落

这个片刻

我唯恐漏掉

和错过

那么多的春夜

流沙一般

放它过去

从手心

是的

后山

我还不能距一朵花蕊

太近

它的香气里藏有

我的灵魂

（原载《作家》2018 年第 4 期）

别宜昌

余秀华

终是山归山，水归水，尘归尘

终是异乡升起的彩虹又落在异乡的水里

有这千古骚情，不见你在山门前屈膝磕头

大是大非大抒情，在为屈原的招魂曲里

我们一人拾起一个音符

国破家亡的柔情里，是一对一的星光和幻想

从此，你在蜀国，我在寻找蜀国的路上

蜀国的葵花新种了一批

我要一路唱下去，直到忘掉《九歌》

说到酒，屈原喝的是一种，你我喝的

又是一种

而今离开，身上落满鱼的味道

如同你的味道。水域太大，想抓鱼的人

必定两手空空

我们的小情小爱，除了伤及自身

在这快速南下的车上

也如魂魄一缕

重返烟雾缭绕的宜昌空城

（原载《读诗》2018 年第 2 期）

甜

余秀华

向白要白，向雨要水，向你要你啊

向梦要梦，要一个纸做的人

在路灯下留下影子

向天要理，向地要情

向现在要一个过去

而过去，不过是现在倒映在池水里

你告诉我，哪一种爱不曾违背天理

哪一种毒没有裹满甜蜜

这甜蜜，在你的舌尖上

如一条闪电

击溃一树盛开的合欢

如警笛，呼啸而来

如此，我怎敢向这深井般的夜晚

要一个黎明

（原载《读诗》2018 年第 2 期）

星期天

余笑忠

从前，每个星期天我给父亲打电话

现在，每个星期天我给母亲打电话

在星期天的傍晚我说一通老家的方言

因为反对老父种太多的田

我们的争执延续到电话里

他总是说：来年不种那么多了

我的父亲再也没有来年

我的祖父说过：人去如灯灭

每个星期天我给母亲打电话

我对一盏油灯说话

我所说的一切就是护好那盏灯

让两个世界彼此相认的，唯一的

一盏灯

（原载《读诗》2018 年第 1 期）

母亲的心愿

余笑忠

我母亲因为到山上拾柴

又摔了一跤。又是右脚。所幸

这一回并不是太重

其实她的柴薪足够

引火的松针、树叶也足够

她只是希望引火之柴更充足

她只是抱持自己的愿望

好脚好手的，能动手就自己动手

她忽略了年迈、意外

她只是不想成天待在屋子里

也许她更想到山上去看看吧

那里林木茂盛，杂草丛生，山鸟雀跃

有些地方永远安静如长夜

也许母亲会在劳作的间歇

看一看山脚下静静流淌的大河

那里鱼鳞般的波光涌流不息

像母亲隐秘的心愿

（原载《读诗》2018 年第 1 期）

绝顶论

谷 乐

众山之上，不再有

更高的存在

唯星空、白云、空虚和厌倦

一种伟大的荒凉

所谓江河

不过泥丸。所谓古今，亦不过弹指间

你看那千仞悬崖，如刀砍斧劈

等待着英雄纵身一跃

从一张滴墨的宣纸上，那诗的落差

与你的短暂的晕眩

构成了古老汉语的神性

继续向上，一只鸟在暮色里

怀抱经书疾飞

再向上，就剩一颗秃头了

你唤之太空，唤之寰宇。偶尔也称之绝顶之人

——唯一的白发，飞流直下三千丈

（原载《人民文学》2018 年第 2 期）

一次远游

邹汉明

崇山峻岭间汽车走过好一个白昼

入夜时分，拐入两山耸峙处一条斜拉长桥

我背起双肩黑包

来到一条漆黑的山谷

但见一脉闪光的涧流

轰然有历史的冷冽回声

四年后

我还记得只我一人

坐在松柏下

抽烟，不发思古之幽情

但没来由地默诵阮嗣宗

"千秋万岁后，荣名安所之"

山风吹我襟

故乡与故人，正一点一点远去

完全想不到我会来这里

既听松风，又闻水声

而与我同行的一群人

挤在屋子里杯酒相喧

唯独一脸星光的我

退出沸腾的人间

满心是大自然的天籁

（原载《山花》2018 年第 4 期）

古香榧

汪剑钊

香榧并非伊帕尔汗的封号，
但是作为谐音，依然在民间清脆地
流传，吟唱一段缠绵的历史，
匀称的躯干散发通体的异香。阵雨
漏过针叶，如同钻石肆意地喷向旷野，
照亮蜿蜒的山路和汩汩的流水……

儿时的玩伴，初恋的情人，
逐一离开尘世，如同那些熟透的榧果，
留下迟暮的美人遗世独立，
昔日浑圆的腰肢已有斑驳的皱纹凸起，
为美而生的香榧，伸展纤细的手臂，
保持双人舞结束的最后一个造型。

她踮起脚，清点每一道岚光，
在北风掠过树梢的时候，
把记忆像绿叶似的分发给过往的行人……
哪怕苔藓在身上攀爬，
哪怕相思镂空了肌肤和她的腑脏，
一颗忠诚的灵魂依然有春天的信仰。

（原载《诗刊》2018 年 6 月号上半月刊）

取道徐州

轩辕轼轲

刘邦取道徐州

要去长安

项羽取道徐州

要去垓下

曹操取道徐州

是来屠城的

李煜取道徐州

是去亡国的

他们都带着

各种宏大的使命

硬生生把徐州

从驿道走成了要道

我此番取道

是去重庆

和诗人们相聚

既不会输掉江山

也不会建立王朝

趁着夜色

我在街头遛了一圈

又把徐州从要道

遛回过道

（原载《读诗》2018年第2期）

孩 子

沈 苇

一个白瓷般的孩子是易碎的
他是上帝的心肝肉

在虚无中他活过了晚年、中年、青年
他长途跋涉来到这里，累了
躺在摇篮里啼哭

世界是那么大，而他是那么小
小到仿佛要逃到另一个身体里去
一个白瓷般的孩子是易碎的

一位母亲也许只能捡到他的几块碎片
她的乳房因受伤而流出奶水

（原载《特区文学》2018 年第 3 期）

熬

宋晓杰

要弯腰，不让谁看见
要低眉，却不让自己难过
要松枝干脆，透明的火

噼噼啪啪，舔着锅底

要春连着秋，梦连着醒

要黎明连着后半夜，路是唯独的那个

要你无知无觉，决绝连着顺从

眼神从山峦的峭壁，降落

有诗书的劲健、池塘的柔波

月夜温良，薄霜皆是断章

我是火，我也是柴

也可能，是火柴

小规模的镭，锦衣夜行

也可能，搭上致命的

秋风的火车

（原载《人民文学》2018 年第 1 期）

都那么穷

宋艳梅

村子到集市

隔条能听到对岸说话的小河

大人们结队去卖红薯白菜

孩子们隔河相望

迎风舔干裂的嘴唇，跺冻僵的小脚

允诺的彼岸糖果

和花衣裳

从未跨过河流眷顾他们

一逢集

坝上又站满两眼堆着期待

迎风舔干裂嘴唇的孩子

让承诺一次次落空的父母

也不觉得欠孩子什么

他们都那么穷

（原载《诗探索·作品卷》2018年第二辑）

呼　唤

宋艳梅

落日带走西天最后一片光亮

野猫跳上假山

雏鸟未归

我能听出树上鸟啼的焦虑

那年，母亲田里回来

村子翻了几遍

不见我和七岁的哥哥

她站在高高的土戏台上
黄昏所有的耳朵
都跑进了她滚烫的声音

我们摇着茅草花
带着叮在身上的苍耳
摸出河湾的小树林

母亲一下瘫在地上
喝了半瓢凉水

（原载《诗探索·作品卷》2018 年第二辑）

桃花劫

张　喆

遇上你之前，春天从没有开过花
不经人事的风，一波又一波，掠过荒芜的心田

心怀秘密的女子，暗中向你递过投名状，十八岁的春花灿烂
忽啦啦地开遍人间，踩着花毯，满世界欢喜

她一次次在你种下的蛊里，叩问前程

用桃花，用梦幻，勾兑甜蜜，缓解心中的痛

依在时光的门槛，你用巫术
转眼让她青丝变白头。而桃花劫
潜伏在她体内的毒性，始终未解，时不时发作

（原载《流派诗刊》2018 年第 8 期）

夜读《聊斋》，有感

张二棍

不得已，又一次修改了《聊斋》
要温习聂小倩的薄命，也要
忍受席方平的凄惶。更需要
承担蒲松龄，这个落魄者
下在门前茶碗里，和纸上的毒

夜读《聊斋》，要一次次读
才能读懂，虫豸的嘶鸣。并陪它们度过
喊冤般一声声拉长的黑夜
要读懂松涛阵阵的歧义。还要
陪月下的松柏，度过这枝条如舌头般
伸长的夜。要读懂爬行的悲
站立的苦，就免不了要舍命
陪那一个个，修成肉身的姓与名

度过，白色丝帛的裙裾缓缓拖曳过
草丛的夜

夜读《聊斋》，就是放任
一千只虫来咬，蚊来叮
且看作，它们是一千个穷书生
摇着一千把破扇子，纷纷来投胎
它们把灯光照亮的纸面
当作衙门前的鼓面，敲打着
直到溅出身体里的血

（原载《汉诗》2018 年第 1 期）

春风吹动花枝

张巧慧

雪化之后，泉水的声音响了一点
远隔着半生时光，
我喊你的声音是否更热烈一点

清风寺，一口古井，六七位出家人
寺前的碧桃又一年天天
光头的小沙弥走过，又折回

春风吹动花枝，春风推开殿门，

须弥座上的几尊菩萨正微微俯下身子

人间四月，灼灼其华

我已经越来越明白，花开是慈悲

对美的占有也无罪

（原载《福建文学》2018 年第 3 期）

太阳重新升起

张执浩

我曾在故乡的小山顶上

目睹过太阳升起的全过程

之前有过很多次

之后很少再有这样的机会

哪怕是现在我坐在秋阳里

身体散发出烤红薯的气味

说你爱她，就应该憋红了脸再说

说过后自己也面红耳赤

再也没有这样的机会了

当你和我一样远离故乡的山顶

登完泰山后又来到海边。

说你爱她，就应该云淡风轻

让她拽着你的衣襟

大声问："你再说一遍？"

而此时你已经挣扎着跑远

回过头来看见

她的头发在燃烧

她的脸你一生只见过一回

之后每一次再见都是重现

（原载《诗刊》2018 年 5 月号上半月刊）

中午吃什么

张执浩

我还没有灶台高的时候

总是喜欢踮着脚

站在母亲身前朝锅里瞅

冒着热气的大锅

盖上了木盖的大锅

我喜欢问她中午吃什么

安静的厨房里

柴火燃烧的声音也是安静的

厨房外面，太阳正在天井上面燃烧

我帮母亲摆好碗筷之后

就在台阶上安静地坐着

等候家人一个一个进屋

他们也喜欢问中午吃什么

（原载《诗刊》2018 年 5 月号下半月刊）

河心洲之鸟

张远伦

一枚鸟蛋
将自己慢慢变成空壳

我喜欢寻找那些遗留在草丛间的空壳
布满麻点，轻轻一捏
就会碎了

河心洲之上，洁净的天空
定有一只小水鸟
是从我掌心的空壳里飞出去的

我没有捏碎它
我怕看见正在掠飞的那一只
突然痉挛一下

（原载《人民文学》2018 年第 2 期）

何草不黄

张佑峰

我想你应该是欢喜的
秋风一年一度，吹到汶阳时

即使降温，也是徐缓不疾——
以使那些果实和树叶从容熟透
红的更红，紫的更紫

"因为懂得，所以慈悲。"
我给你发过回复短信后
抬头，看到邻家那个少年
还在慢腾腾地挖着菜窖

喂，年轻人，你可要使把劲啊
明日霜降，大风将要吹过山冈
那些好看的叶子，将会在一夜之间掉光

（原载《青岛文学》2018 年第 3 期）

勒勒车

张洪波

粗壮气息扑扑打脸
凸凹车辙流过力气
而这庞大响动
缓缓颤颤一蹄一点一花
雪原里散落着汗斑
大智若愚

这使我无法遗忘

路，那么漫长

车轴里那吱吱呼求

是在献给土地吗？

拿什么赞美你？

下一场大雪

你在其中

（原载《文学港》2018 年第 9 期）

一行字

张洪波

它们缓缓走到纸上

是谁派遣来的？

也许是一种细菌

传播那些人与事

它们不满。探着头

碰撞着。四溅着一些光

它们从一颗心走过来

它们是一次事件

它们说了话又沉默

在人心另一处

它们可能要留下来

（原载《文学港》2018 年第 9 期）

在打铁房洗澡

张新泉

这种澡，我洗了六年

将一坨毛铁

烧至半死

再令它把一桶凉水

烫出白烟

门窗俱破，武斗炽烈时

惧裸死，防流弹

书在砧磴上等我

冷硬的锅盔、馒头

遇砧就软……

从未洗至眉清目秀

沦为文人之后

擦尽煤烟、汗渍之后

须眉白如降旗

唯有嵌进骨中的铁屑

由黑而红，在寒凉时暖我

逼至绝境，会亮成刀尖

（原载《汉诗》2018 年第 1 期）

怀旧的年纪

张怀德

莫非真的已到

怀旧追忆的年龄了吗

他常常梦回教室

在黑板上演算习题，却怎么也

解不出答案

一急，就醒来

被晨星从窗缝偷窥了隐私

他有事没事总爱翻箱倒柜拉抽屉

从角落里

找出泛黄的手抄本

课堂笔记，或是

躲在纸盒内一堆散乱的老照片

试图重读潦草的青春

和干净的笑声

他终于在毕业留言簿上

翻到那一页

又见熟悉的笔迹

以及用红头绳编成的中国结

有点褪色，仍像那双

丹凤眼

在嗔怪他，一段擦肩而过的情感

（原载《文学港》2018 年第 6 期）

滚烫之日

张雁超

卧室门留下两声愤怒脚踢

那时，我女儿在澡盆里玩水

惊异地扭头接上我挤出的鬼脸

露出她新生的小牙齿对我笑

又放心地继续玩水

一整个晚上她都很乖，趴在我肩头

小手圈着我脖子，嘴里一直说着

她仅会的发音：爸爸、抱抱、宝宝

就像知道我是一个需要安慰的人

入夏后，气温骤升

窗外虫鸣大面积剥落，空中蒙着一层

淡白色焦躁声响

这狗 × 的生活多滚烫啊

她的妈妈在卧室里哭

我的妈妈也在卧室里哭

（原载《诗探索·作品卷》2018 年第二辑）

经过爱河

陆　健

这条河的平静

彻底冲决了我不肯涂改的心

汇聚起所有人所有的泪水

名之"爱河"都是奢侈

幸福的人在爱中泅渡了一生

悲苦的人为爱挣扎了一世

我们到底有多干净

才配拥有你的一滴

人伦，道理，泛着泡沫。爱河

所有传统的抒情，都是这么开篇的

我看到被顶起的波光

和顶起波光的爱河——涌动的肉体

（原载《文学港》2018 年第 4 期）

日落肥西

陆支传

长途车停在肥西

我从迷糊中醒来

窗外，落日正美

橘红色的天空更像是

一碗端在谁手里的新鲜血液

密封的窗户玻璃

使眼前的小镇变成一场无声电影

世间匆忙而又美好

突然抛锚的长途车让我停下来

这是一段不幸被定格的旅程

这是一个最该被记住的黄昏

多么幸运

我和落日，在此刻

隔着浩渺人间相认

（原载《人民文学》2018 年第 1 期）

在废弃铁轨旁

陆辉艳

在一截废弃铁轨上，儿子伸展双臂

似在飞翔：向我扑过来的一只

摇晃的企鹅。

"如果火车来了，我会

长出翅膀，猛地带你飞走。"

他说话时，眼睛里升起两枚月亮，因为

说得太用力，身体倾斜了一下

我抱紧他，仿佛已经感到

铁轨的震动。如果一列火车

从过去的黄昏开过来，喷着

我们认为的白色蒸汽

我要如何在一首诗中

安排它的转弯，以至于

我们留在原地，而不被挤出

时间之外？

（原载《诗刊》2018 年 2 月号上半月刊）

赵北凛冽·刺客

阿 民

燕南赵北的又一个春天

阳光明媚，朔风凛冽

乍暖还寒，人们怀揣各自的炎凉

于祖泽之畔，倾听慷慨悲歌

两千年前的风萧萧吹过

如豪气冲天的英雄步履匆匆

铿锵的冰裂如渐离击筑

我们也如刺客，心怀利刃

行走于天下

一定有未了的夙愿

浸满这方水土

每一片水域，每一寸土壤

都心有不甘，即便冰封千里

只要北风一过，便纷纷有了生命

无边的芦苇、荷莲、稻田，还有蛙鸣

蓬蓬勃勃，瞬间遮蔽亘古的悲凉

一定还有尖锐的东西

扎根在这水土，融入血脉

如沸腾的岩浆奔突不息

表面的平和也掩饰不住

你看，那冰封的大淀

屡屡闪过寒光，多像一把

巨大的利刃，刺入这无限的苍茫

（原载《雄安文学》2018 年第 2 期）

商 量

阿 华

玉米地里，印第安妇女
温和地和成熟的玉米商量

"请用你的孩子养我的孩子吧"

大海边，早起的渔夫收拾妥当
他和大海悄悄说话

"早上我去撒网，晚上归来
请让我鱼虾满仓"

高山上，猎人的祈祷
也总是很有道理

"请给我一副虎骨，只要一副
受伤的病人需要医治"

谷雨前后，杂花生树
两枚露水用方言商量

"让我们落到最小的那朵
黄瓜花上吧

"它需要一滴露珠，安放它们

刚刚成长的小心脏"

（原载《红豆》2018 年第 6 期）

燕子山（四）

阿　华

看见暮鸟投林，心中一惊

很多人，很多事，都是一失永失
像时光和流水，再也不能回转

看见落日、黄昏，见血封喉的麻风树
心中又是一惊

山林下、野塘畔，有谁和我一样
知道一切，却不能说出一切

"不要再关心灵魂了，那是
神明的事"

我不关心灵魂，我只关心轮回
但在年少时，我并不知道

有些乐章，一旦开始

唱的就是曲终人散

（原载《山东文学》2018 年第 3 期）

一具雕花马鞍

阿　信

黎明在铜饰的乌巴拉花瓣上凝结露水。

河水暗涨。酒精烧坏的大脑被一缕

冰凉晨风洞穿。

雕花宛然。凹型鞍槽，光滑细腻——

那上面，曾蒙着一层薄薄的霜雪。

錾花技艺几已失传。

敲铜的手

化作蓝烟。

骑手和骏马，下落不明。

草原的黎明之境：一具雕花马鞍。

一半浸入河水和泥沙；一半

辨认着我。

辨认着我，在古老的析支河边。

（原载《读诗》2018 年第 2 期）

我始终对内心保有诗意的人充满敬意
——读詹姆斯·赖特，并致某某兄

阿　信

雪落甘南。也可能落向羌塘、藏边。

一上午埋首十万道歌，半部残卷。

期间接过一个电话。取下镜片，移步窗前。

我始终对内心葆有诗意的人充满敬意。

生活面前，我们还是儿童。还是那只

"在一根松枝上

反复地、上下跳跃的

蓝色松鸡。"

眼前只是街道、泥泞、缓缓驶过的

长途货车。远处，山冈上

白雪半覆茂密的沙棘林。

我始终相信：雪让万物沉寂。

而诗歌，会把我们日益重浊的骨头

变蓝、变轻。

（原载《诗探索·作品卷》2018 年第一辑）

神
陈　亮

那时候，母亲每到初一或十五的正午

都会捏几个地瓜面皮的饺子

放在供桌上供奉

有时候还会虔诚地跪下

双手合十，嘴里弥漫着咒语

五分钟后再拿下饺子给我们吃

这时候，除了鸟鸣

一勺一勺挖着耳朵

阳光将麦秸坐出了声响

我们都屏住呼吸不敢弄出一点动静

仿佛神真的来到我们身边

那时候，我的哑巴姐姐还活着

她会从母亲手中接过饺子

然后一声不响地走到我面前

咬着嘴唇拍拍我的肩膀

示意我吃，姐姐很美

仿佛刚从画上走下来

那时候，每吃一口，我都会感受到

神的香神的暖，神的无处不在

（原载《黄河文学》2018 年第 8 期）

外公与石头

陈小虾

"我还真拿你没办法了？"
外公硬是要和一块石头过不去

外公曾用石头雕过菩萨
"菩萨菩萨，何为放下？"
菩萨不语
他把菩萨送给出家的母亲

后来，他搭石桥，建石头房
里头住着外婆、舅舅和我的母亲

现在，他硬是要和一块大石头较劲
硬是要扛着它上山
给自己做墓地

（原载《诗探索·作品卷》2018 年第四辑）

一串珠子散落之后

陈小虾

匆忙抓起电话，逐一打过去：
外公、外婆、父亲、母亲、丈夫

又低头摸一摸肚里的小 baby

——确定，在人间

我们依旧一起

串在一根绳索里

之后，才把珠子拾起

数了数，少了一颗

再一阵心慌

一边打了自己一个耳光

一边念着阿弥陀佛

相信自我惩罚

就会被赦免，被原谅

或躲过什么

（原载《诗探索·作品卷》2018 年第四辑）

你我或是两滴噙含不住的泪水

陈马兴

异乡的夜像伤口一样深

秋雨把路灯模糊，如我的恍惚

睡不着，忆起一些过去的场景

发现都有你

九月的天气，时阴时晴

一如从来没有一种飞翔

会被好运气永远地托住

昨夜，喝得有点多，歪歪扭扭

跌到阴沟里，爬起来

耳边响起你的劝告：

"凡事先往好处想，有事也是好事"

窗外的雨，愈加把秋夜打得萧瑟

这一生，我还能有多少事？

头顶的月亮掉不下来

飞过窗前的萤火虫，闪着幽蓝的光

天地人虫各有命数

你我或是两滴噙含不住的泪水

你的，比我先落下来

像擦亮记忆的一颗流星

（原载《绿风》诗刊 2018 年第 1 期）

春日，返城记

陈润生

野樱桃花开在半山，一点点白

山顶的雪。白得耀眼

山脚下，村庄又恢复了隔年的宁静

炊烟小面积飘荡。油菜花金黄

中巴车摇摇晃晃爬行在高低不平的马路上

空着的座位上放满了蛇皮袋和密码箱

这可能是最后一批外出谋生的乡亲了

邻座一个漂亮女孩，接完电话

突然呜呜哭出声来

（原载《诗潮》2018 年第 4 期）

石榴喊出我的名字

邵纯生

这只石榴，终于没有熬过秋天

像一块石头摔落地上

它选择了最直接的路径

简短得来不及发出一声哀叹

我似乎感觉到一团下坠的黑影

暗了一下房间的光线——

窗外传来钝器扑打尘土的声音

这个秋天阴凉，雨水不断

一些生灵背负伤疼和忧患逃亡天涯

更多的撑不住命运，像石榴

就地了却此生

我脚疾突发，哪儿也去不了

无奈吞吐着有害气息淡然度日

厚层口罩教会我缄口不语

节气变异，心肠一天天冷硬

石榴之死已不能勾起我的感伤

我以为除了最后几片枯叶飘落枝头

空中不会再有生命迹象

晌午时分，我回头拿药，收拾创伤

忽听几根枯黑杂乱的枝条间

一只咧开嘴的石榴

小声喊出了我的名字

（原载《中国诗歌》2018 年第 1 卷）

九九艳阳天

邵燕祥

今天，三月十日，是九九第八天。

九九艳阳天

今天是第几天

编这支歌儿的走了几年

唱这支歌儿的走了几年

歌儿里唱的人

早已不见

没有人再唱这支歌儿了

从那时　又过了

多少个九九艳阳天

没人唱的歌儿　我心里唱

年年九九艳阳天里唱

年年有个九九艳阳天

今天　九九第 N 天

明天　九九第 N 天

都是南转北风二三级

都是蔚蓝晴好的天

十五度　三度　十九度

迎春的小黄花迎着艳阳笑

九九艳阳天　明年再见

那歌儿里的人　唱歌的人

却不再回还

不再回还

（原载《人民文学》2010 年第 3 期）

手术前

纯　子

"也不过是开个小口，取出深藏在身体里的阴影也可以说，是取出你私藏很久的闪电"

"或者说，是请出那个中途贸然闯入者
它原本就不属于你，是你命运之外的一部分"

"这是一场刀刃上的抒情，它划过的不过是皮毛
还有肉体，但灵魂从未被赋予绝望"

"就像黄瓜上刻花，相信那个穿着白大褂的医生
是高手，他可以雕刻出最美"

在手术前，你和我开着玩笑
假装轻松，但我还是看到了你全部的慌张和忐忑

（原载《扬子江》诗刊 2018 年第 2 期）

横　溪

林　莉

阵雨使它充盈、饱涨
石埠上，一只旧竹篮装着
刚摘的茄子、豆角

后来，浣洗的妇人提着它们
蹚水去了对岸

我们沿溪轻快走动

偶尔手臂碰触到一起，触电般

事实上，我们在世间已分离得太久

那些久违的喜悦或绝望

皆来自前世

那一次，我们目睹

横溪不舍昼夜，自顾远去

难道，在时间的跑道上

它也是一匹不能回头的马？

（原载《诗探索·作品卷》2018 年第四辑）

敬　畏
林　莽

随着枪声　山坡上冒出一小缕尘烟

它轻轻跳开了几步

一只土色的小狐狸依旧回过头来向我们张望

面如古铜的老司机用藏语低吼了几句

那个搭车人收起了他的枪

那天我们幸运地拜谒了怒江上游有骷髅墙的天葬台

在暴雨到来之前赶过了那段泥泞而陡峭的峡谷险路

啊　感恩一直俯视和指引我们的苍天与众神

时隔多年　想起当时还算年轻的我们

在夏日的高原上驱车千里

像那些冒死攀登神山的人们一样

用一种近乎无知的鲁莽

兴致盎然地冒犯了那些寂寞中苦修的亡灵

看晴空下的雪山凛然屹立令人心生敬畏

噢　但至今我依然不知这一生中

到底还有多少事应该幡然领悟　虔心忏悔

（原载《诗刊》2018 年 3 月号上半月刊）

清晨的鸟鸣

林　莽

战斧导弹在该到达的位置炸开

一团团浓烟升起来

大马士革的街头车流依旧

咖啡厅里一些人照常坐在每天早餐的位置

战争已经完全改变了以往的形态

但人类的痼疾并没有因为人们多年的愿望而消失

因此　我时常有一种无法释怀的疑虑

看似安宁生活的背后到底隐藏着多少危机
明天　明天的明天
到底有什么在等待着我们有限的承受力

清晨　电视新闻里播放着叙利亚的空袭
也许因为内心深处那种无法释怀的疑虑
我真的非常珍惜这个新来的明净的春季

清晨　窗外的鸟鸣叫得那么真切
这世界　生活依然在继续

（原载《草堂》2018 年第 6 期）

祠　堂

林　珊

在炊烟越来越稀疏的故乡
唯一还保持原貌的，只有祠堂
众多的先祖，在年复一年的祭祀里
不断获得告慰。一九八七年的天空下
我曾在祠堂的侧厅里读幼儿园
二十多个眼神清澈的孩子

尚不懂得敬畏，也不明了生死

课间休息时，我们围绕着神龛做游戏

快乐的笑声一阵高过一阵

有一次，村里的一位老人辞世

朱红的棺木在祠堂里停放了三天三夜

我们在放假，天空在下雨

身披袈裟的和尚吹起声声唢呐

出殡仪式结束后，当我们重新回到课桌前

弥漫的硝烟，遍地的碎纸屑

并没有让我们，感到慌张和恐惧

（原载《人民文学》2018 年第 6 期）

赠友人

非　亚

我想邀你一起，去某个乡间

有山，有水，有不错的田园风光

靠河边的农家有宽阔的木制平台，从傍晚开始

我们围着一张餐桌

在那里喝茶

水，烧了一壶又一壶

茶叶，反复浸泡之后又换上

新的

这是我们驱车几百公里后

来到乡下的一刻，从江面吹来的风

抚慰着我们的灵魂

我知道

我们的手上，永远都有抛甩不掉的琐事

如同水流下的岩石

当我抬头，朦胧的烛光映照出周围的一切

蓝色的夜空滑过一颗星

我的心，在均匀的呼吸中，犹如水面

产生一些难以觉察的涟漪

（原载《读诗》2018 年第 2 期）

新年献辞

尚仲敏

这一年，祖国的形势一派大好

天空万里无云

但朝阳群众看出了我的心事

台湾还没有回归，我还能不能过一个

愉快的新年

这一年，纵观诗歌届

有人诗写得好，人品不行

有人天天开会，拍案而起

写的东西不知所云

唉，这一年，有的兄弟出事了

我无心作诗，暗中努力

有的日进斗金，酒量大增

有的恋爱了，在所有的长度中

爱情是最短的

这一年，我常常仰望星空

是啊，谁都可以装作放眼天下

却不能装作笑看风云

（原载《读诗》2018 年第 1 期）

虚　构

罗兴坤

在我的乡下，有些人绝望时总是被亲人虚构着

那些被虚构的替身，当接受了尘世的爱、伤疼

像真的成为活生生的魂灵

也接受了一场人世间的生死离别

有年我大病，母亲从邻村扎来一个纸人做我的替身

在一场盛宴里，母亲的磕头、上香、祷告

在火焰里为它指明一条为我赴死的路

而我看到它的木讷、顺从，

也看到了它挣扎着，后退，翻腾

对尘世的依恋，扑过母亲的怀抱，落在天空的眼泪

甚至那短暂的反抗，伸出的舌头，咬过母亲指尖的疼

哦，我是多么羞愧

一想起那个夜晚火光里飞动的灰烬

那种不舍，那种绝望，那种无奈

在这个尘世上，仿佛也是一个被虚构的人

（原载《诗探索·作品卷》2018 年第三辑）

你何时兑现又圆又光明的承诺

罗鹿鸣

你说过要送我一枚月亮

要送就送又大又圆的那一种

通透，明亮，吴刚约会着嫦娥

桂花酒弄得满天喜气洋洋

昨天晚上，你又没有来

你许诺过的月亮没有出现

一年前你送过我一场大雪

将我雪藏了三百六十天

哪怕你继续送我一场大雪

送我以冰清玉洁或轰轰烈烈

你什么也没做，你在躲闪回避

居然还用爆表的雾霾打击我

北京的雾霾越来越嚣张跋扈

将你的承诺、你的温暖全部掳走

最可恨还打劫了满天星辰

让我翘首以盼月事的破窗而入

（原载《天涯》2018 年第 4 期）

古松，古柏

武兆强

颐和园后山

那些被称为老先生的古松古柏

在掉完最后一枚牙齿之后，开始掉

三百年针叶，四百年松果，五百年柏球

开始掉斑驳树荫，灰白鸟屎

掉春雨，掉冬雪

掉蝉群的低吼，日月的流光

掉树冠上摔下来的风，掉灰喜鹊和野鸽子的争吵

掉越来越薄的记忆，掉枝杈相互爱抚时的只言片语

当一切可以脱落的都已离开

最后只剩下松脂柏油

剩下它们紧紧粘在一起的理由

黄昏时偶然发现

一只叫不上名的小飞虫

正以琥珀的金黄姿态拼命想进入里边

（原载《诗探索·作品卷》2018 年第四辑）

石片、水漂和涟漪

武兆强

孩提时代的石片，被我打成

水漂，打成一蹦一跳

口衔水珠，又口衔水珠的燕子

美妙又轻捷，只有到了最后的最后

毫无力气了，才悄然隐去

一圈一圈的涟漪似乎放大了视野

之后的多少年里，那枚小小的石片

再也没有离开过我，上班路上

我会停下自行车，一试身手——

不过，这个简单的动作已不再纯粹

悄悄的，被我在心里夹杂了一些私货

用涟漪的大小，对应命运如何

第一圈，被我命名为爱情

第二圈，被我视为事业

第三圈，被我称为生活；以此类推

还有身体、财运以及出入是否平安，等等

这徒劳的游戏竟构成了一种诱惑

一玩就是几十年

（原载《诗探索·作品卷》2018 年第四辑）

桂西北偏北

牧　歌

我指的是广西

指的是广西西北部偏北一个小山坳

我的生养地麻阳村新队屯

我把地图无限放大

新队屯并没有标记

新队屯就像宇宙的尘埃被历史忽略

我想叙述的是一些故人

活着时，他们迁徙，垦荒

种谷，挑担，喂马，劈柴

在农事上倾尽一生

我不仅想叙述他们的生

还想叙述他们的死

病榻上，大外公低声呻吟

被黑夜覆盖

葬礼上大人们哭声一片

我们捏着蜡泪嬉戏玩耍

十岁那年三舅妈停枢超度

我的眼泪哗哗落下

生命的苍凉开始植入童年

今年五舅肺癌住院回家

给自己算命活不过六个五

离世那天我想起前年清明节

跟他碰杯，风湿病

把他的手脚扭曲变形

一个军人，退役后

用拐棍扶起贫病的人生

在桂西北偏北

我还想叙述更多的人

叙述他们短暂的一生

叙述他们闪光的精神

多年后，人们回顾往事

那些记忆像血液一样

在寒凉的余晖下

闪着谜一样的微光

（原载《诗探索·作品卷》2018 年第四辑）

站在落日下

金铃子

站在落日下。黄昏让青山变淡

邛海情不自禁地黑

如同墨汁洒了一池

难道要把四月染成黑色

把人染成黑色？我想大喊一声

来吧，把这个白发苍苍的人

染成黑色吧

没有人说爱像流水，现在却成了过去

听过的音乐变了韵调

爱过的石头，成了尘埃

我得早早地把一个人

祭祀一下

这个生如鸿毛，死如鸿毛的人

这里没有清明节，没有我要的那张纸钱

落日，这个巨大的句号内

却填满我刚刚

给我烧掉的纸钱

（原载《读诗》2018 年第 3 期）

白鹭赋

邰 筐

不是诗经里飞出的那一只

不是惊飞破天碧的那一只

不是一树梨花落晓风的那一只

不是一滩鸥鹭里

惊起的那一只

不是翘立荷香里

窥鱼的那一只

……

那些都是白鹭中的白领，都太白了

它们作为鸟类中的大家闺秀

和文人骚客攀上亲戚，成为相互矫情

和意淫的工具，被他们反反复复

描绘得那么美

那么不合群众路线

这是落寞的一只。像个鳏夫

它以八大山人的技法

在龙虎山下，一块水田里

遗世而独立

我用长焦镜头把它拉近，再拉近

它既没有想象中的白，也没有想象中的美

身子蜷着，脖子缩着，翅膀耷拉着

上面还沾着一些黑泥点

毫无征兆地，它全身的毛

突然耸起，一条鱼瞬间被叼进嘴里

它接着腾空而起，像一团飘起的白雾

越飘越远，很快就散了

只留下一个凶狠的眼神，似乎还久久地

在镜头里盯着我

（原载《诗探索·作品卷》2018年第一辑）

一个穷人的羞愧

邰 筐

每次经过临西三路中段

我都像一个正人君子

胸脯挺得直直的，目不斜视，大义凛然

从不向路两旁多看一眼

那些门挨门的按摩房

那些来自温州、福建、四川的小姑娘

不停地招着手，招着手

她们的目光充满热切充满期盼

只需一眼，就能撕破我的虚伪我的衬衫

这时，我突然就有了一个穷人的羞愧

这时，我不知道，除了钱

还有什么方式能够帮助她们

我甚至觉得自己是一个欠钱不还

生怕被她们认出的无赖

走着走着就忍不住跑了起来

（原载《诗探索·作品卷》2018 年第一辑）

白　露

苗同利

一只绿蚂蚱飞落在我左胳膊上

我没驱赶。

并不是说我心地有多么菩萨

或因为我精读过《金刚经》《般若波罗蜜多心经》

《圣经》。崇尚素食　敬畏生命

白露已经三天。贡格尔草原

矮韭　沙葱　羊胡子　冷蒿　短花针矛

野莜麦　锦鸡儿

都在论分论秒论颗粒结籽。

这几天

云朵成群　醉卧山坡

我的羊

眼神焦黄　埋头吃草　准备一口气吃到来世

它们知道时令。知道

每一颗露珠都可能是谁最后的晚餐　秋风

很容易跟一片草叶　跟夜

冻在一起

（原载《诗探索·作品卷》2018 年第三辑）

曼谷的乌鸦

图　雅

这么干净美丽的地方

乌鸦也干净得如同剪碎的黑缎子

绿地上撒一些

花树上撒一些

河面上撒一些

蓝天上撒一些

它们突然飞起

又发出撕缎子的声音

（原载《特区文学》2018 年第 3 期）

我们都是简单到美好的人

周　籁

垂丝海棠的花瓣落在我的膝盖上

春天的短笛在寂静中骤然响起

柳丝抵抗着风的秘语

忍住摇摆

万物都有一颗叛乱的心

我立在江岸久久凝视零落的海棠

恰似我的一些念头

纷沓滑过江面

我们都是简单到美好的人

比如这一地嫣然

比如那一江春水东流

再比如，我的体内正落花簌簌

（原载《诗探索·作品卷》2018 年第四辑）

栽

周惠业

木香太旺，缠住了蔷薇。

竹子压住了三角梅。

芍药牡丹被桂花玉兰欺负得

只结骨朵儿。

蜡梅枝太长，挡住了紫薇。

金银花压弯了枸骨花的主干。

郁郁葱葱的小院。不忍下手。

可母亲一再催促。

一个下午，我们搬来梯子

拿着长短剪刀。

木香被剃成了平头，

竹叶剪掉过半……

阳光照了进来，院子宽敞了许多。

——又一次，我看到父亲

正一棵，一棵地

栽种着这些曾经的幼苗。

（原载《新大陆》诗刊 2018 年第 187 期）

返 乡

育　邦

我背负木剑

从世界的另一边

乘船归来

车轴河里落满了我的光阴

在海的那边

靠近星辰居住的小镇

是我的故乡

我从粮站码头上岸

我拥有无限的时间

木瓜树下有一条小路

那是诗人的秘密小道

后来，木瓜树被砍伐了

它只能悬挂在夜空中

杜鹃的啼鸣依旧回荡在小树林中

已成为古老的遗迹

风，雪，带血的玫瑰

为我拂拭忧伤

哦，那颗小时候的心

在灰尘中发光

河流呜咽，大海咆哮

突然大声说出

那些被淹死的孩子的名字

——他们都是我的朋友

（原载《洪泽湖》2018 年第 2 期）

拍给未来的照片

孟醒石

擦拭老相机，修理三脚架

我想赶在蔷薇凋谢之前

给妻子儿女多照几张合影

走到御园路

突然刮起风下起雨来

取景框中，全是慌乱的神情

一家四口，像是在逃难

没有拍出一幅像样的画面

我犹豫了半天

最后还是决定

把这些照片保存下来

没有删

正如世界上很多看似荒诞的艺术

并不是针对现在，而是关乎未来

等我们老了，满脸皱纹

儿女长大成人，懂得了

时光的宽容和残忍

那些慌乱的神情，被遍地湿淋淋的

蔷薇花瓣映衬

宛如滹沱河

倒映着乌云中的雁阵

（原载《太行文学》2018 年 2 月号）

高山流水

赵　青

没有高山

只有小小的一泓秋塘

当我沿落满金色银杏叶的石板路

走进拙政园的涵青亭

还是想起了《高山流水》

当年

一阵急雨

让把挎包当雨伞的我们

来到这座紧靠园林南界墙的小亭

几乎跑遍了苏州城的大街小巷

才买到的琴谱

已经湿了大半

你把它小心地捧在手上

轻轻地吹着

那个阴云密布初秋的下午

两朵胭脂红色的睡莲

在雨中分外娇艳

一只淡蓝色蝴蝶

艰难地迎着风

飞往不远处的芙蓉榭

那里也许还有一只蝴蝶在等它

我忽然很想眼睛里进一粒沙

这样你就会像捧着《高山流水》一样

捧起我的脸

（原载《诗探索·作品卷》2018 年第四辑）

这茫然无措的大地

赵亚东

我们在起伏的山冈上奔跑

三匹红马，运回最后一车高粱

也运回一地秋霜，和草窝里空荡荡的鸟鸣

到底是什么让我们如此忐忑

还有些什么即将消失，天真的凉了

这茫然无措的大地啊

像极了一个心灰意冷的人

（原载《诗刊》2018 年 7 月号上半月刊）

午　夜

赵亚东

我会想起一些从前的事情，想起

半山腰那冰凉的石板。水从下游漫上来

一直漫过了此刻的屋瓦。一些声音

孤单地躲起来，在墙角，一只

飞蛾的召唤也能让我感动

白天的尘埃在夜里转身，一个人

全身的血也比不上那颗醒着的露珠

这个城市轻得可以被一只蜻蜓驮向远方

是的，我必须承认，在这午夜，在这

遥远的地方，有一些想法已经变得多余

有一些故事不应该再提起，也许

仅仅是一些往事，仅仅是一块冰凉的石板

的反光，就让我们一生措手不及

（原载《诗探索·作品卷》2018 年第四辑）

在爱里

草人儿

秋风吹起来，金黄的叶子铺下来

鸟儿飞起来，绿叶变黄变红，一种颜色里有一种爱

冬天来了，除了鸟飞，雪也在飞

或阳光下，或月光里

一个女人将自己的席位让给石头，山峦，河水

万物就会借用一个女人柔软的身体静候尘世

那硬的石头、山峦

那软的河水、微风

便在爱里

（原载《诗刊》2018 年 6 月号下半月刊）

沙漠上的树

胡　杨

有一棵树

所有的沙子围着它

有一棵树

去年夏天的雨水

洗净它的每一片叶子

有一棵树
阳光从沙丘上跑下来
一直跑下来
像一团火
焚烧夏天

而它却像火中的凤凰
在无边的火中
绿荫婆娑

（原载《诗探索·作品卷》2018 年第四辑）

雪一点一点

胡　杨

雪一点一点
盖住荒草
雪一点一点
盖住草垛
雪一点一点
融化在人们的脸上

帐篷里翻滚的奶茶

一点一点地冒出蒸汽

揭开门帘进来的人

裹了一身雪

把慌慌张张的山路

堵死了

大家都走出帐篷

看着天

看着白雾茫茫的远处

雪一点一点
盖住了走出帐篷的人们

（原载《诗探索·作品卷》2018 年第四辑）

满天星

胡　游

我上小学三年级时妈妈就病了

我凌晨四点多起床

给妈妈与弟弟做好饭菜

便骑单车去乡村学校

与鬼一起赶路

春蛙开始东一声西一声

到夏天就连成了一片

秋虫唧唧

到冬天就只剩下死寂

只有满天星星

告诉我还活在明天

偶尔我摔倒在漆黑的路上

爬起来拍拍衣服上的尘土

等到了教室

不少同学已经开始晨读

天还没亮

但很快就要亮了

（原载《人民文学》2018 年第 5 期）

深夜的风

胡玉枝

深夜　无眠的风

在窗前

悄悄地诉说着心事

一束忧郁的光

摇摇曳曳

漫出屋檐的缠绵

流离在迷茫的梦中

夜花温润地绽放

那潮汐般涌动的波浪

滑过沙滩

沁入无际的黑暗

听　黎明的来临

谁打破了这幽深的静谧

一只雀儿站在枝头

欢快地啼鸣

还没有天亮的喜悦

染了色彩的羽毛

点燃了渴望的双眸

一阵风吹过

所有的烟花往事

如散落一地的羽毛

（原载《北京作家》2018 年第 2 期）

深夜的火车

胡正勇

我风尘仆仆回到家的时候

听见父亲咳嗽了一下

深夜的大地静悄悄

刚放下行李
我又听见咳嗽的声音
这回不是父亲，而是来自远方
声音越来越大了
我还没有来得及细想
火车就在身后的平原上
一闪而过
留下深不可测的寂静
它载着我的父老乡亲、朋友和敌人
正向着前方的城市奔跑

这时，父亲又咳嗽了一下
刚刚从火车上下来的我
感觉自己还在火车上……

（原载《诗潮》2018 年第 6 期）

导　航
胡丘陵

前方 500 米靠右行驶
我知道靠右行驶
这条路我走了二十年

前方 200 米进入隧道

我知道前方是隧道

这个隧道让我回家近了九公里

前方 300 米有闯红灯照相

我知道有闯红灯照相

我黄灯都没闯过

前方 10 公里畅通

我知道前方畅通

我选择在深夜走就是为了畅通

前方 100 米左拐到达目的地附近

我知道已到达目的地附近

我已经经过了对面的家门口

我只是好想有一个人

一路陪我，说说话——

（原载《山东文学》2018 年第 5 期）

晒父亲晒过的太阳

柳 沄

坐在院子里

父亲多次坐过的

那块石头上，同时

和众多的遗物一起

不声不响地晒着

父亲曾经晒过的太阳

这是秋末的某天上午

天空跟往日一样

蓝得什么都没有

我坐着，一副

仍想坐下去的样子

像父亲留下的

另一件遗物

除了父亲的音容笑貌

此刻我什么都不想

不想照在我身上的阳光

与照在父亲身上的阳光

是否一样；更不去想

父亲坐在这儿与我坐在这儿

有哪些不一样

同所有的遗物一起

我继续晒着父亲晒过的太阳

直到灿烂的阳光更加灿烂

直到故去多日的父亲

在我的身上暖和过来

（原载《读诗》2018 年第 2 期）

定　位

柳　苏

有必要顾及那些可望而

不可及的事情吗？

大树，蚍蜉，秤砣，稻草

各自的角色，已经编排有序

凭借勇气，穿到云霄的鸟

枝头上再没见着

一些极具力量的翅膀

不比风筝飞得高

除了拉犁，埋头反刍的老牛

最早破译了生命的真实

可惜，它传递的深邃

被人忽略

何必，用微弱的力气

不断击打一堵密不透风的墙

恪守一份属于自己的
静悄悄，多好！

（原载《诗刊》2018 年 3 月号下半月刊）

钉子赋

星　汉

走在路上
经常会捡到钉子
有的钉子生了锈
有的钉子已弯曲
有的钉子是新的

活着怎么能缺少钉子呢
比如门板坏了
需要用钉子钉一钉
比如椅子松了
也需要用钉子钉一钉
只有不停地钉来钉去
生活才显得更结实

昨天夜里
我喝酒回来
发现世界

在周围不停地摇晃

那一刻，我断定

需要更多的钉子

才能把它这个世界稳稳地钉住

（原载《诗潮》2018 年第 6 期）

冬天的童话

香　香

大雪封山　一百多斤的栎树兜子

扔到堂屋的火笼里

划亮柴禾　引燃松脂栎叶　冬天就开始燃烧起来

一屋子的孩子争先恐后

把地窖里的红薯煨到火灰里

隔一段时间就争抢着用火钳

拨来拨去　用寥寥数笔歌颂冬天的意义

忙碌了一年的男主人往往坐在火笼的最外围

抱着水烟筒　看火看雪看他和女人的作品

看内心被兜子火烤出的

新的参差不齐的心事

而女主人总能在男人和孩子们之间

选择一个最好的位置　落座　纳鞋底

轻声提醒孩子们烤红薯的火候

以最母性的方式同时

和孩子男人和屋外的冬天保持着抒情

然后用两颊绯红憧憬着与他们彼此相爱

（原载《诗刊》2018 年 3 月号下半月刊）

麦未黄

段若今

谁能读懂麦子对镰刀的深情？！

一生，都向着刀锋生长

从一粒种子开始，至身骨葱茏

至麦穗沉重

麦未黄，镰刀还在路上

金黄的风走过来，田野翻滚

那是麦子在对镰刀说：爱人，我等你

提刀来见

（原载《清明》2018 年第 3 期）

遥 远

荣 荣

修剪后的樟树露出新鲜的伤口

陈叶落下来　又是阳春一景

荠菜花低迷地开向街沿

无关一场不着边际的爱恋

那么多人挤在来与去的路上

或高或低　或缓或急

也有人不停地退出

也有人不停地远离

一个摆着陶醉姿势的青年

总以为深谙了这片景致

他爱看晕眩的风掀开的紫纱裙

爱看那人眼里溃败的潮水

我该如何重新去爱

即使极度厌倦　也能心怀欢喜

我越来越不喜欢遥远的事物

愿意活得更像紧咬在岁月里突然松开的牙口

（原载《诗刊》2018 年 8 月号上半月刊）

温岭小镇

荣　荣

跟我一起去温岭小镇吧

看望一位即将远行的朋友

他有大眼睛　长胡子和浓密的头发

他低沉的嗓音哼过迷人的谣曲

那时的春天柔软　花朵绚丽

纯粹的爱带着纯粹的风雨

他的眼里有美人　他的杯中有烈酒

深深浅浅的人间传唱他深深浅浅的诗句

眼下　江南的油菜花早已开过

季节又一次转向衰败

他一再歌唱的蚂蚁没有成为大象

他一再渴望的爱情　没有莅临人间

跟我一起去温岭小镇吧

送别一位疏离却亲密的朋友

他有大眼睛　长胡子和浓密的头发

他低沉的嗓音哼过迷人的谣曲

（原载《诗刊》2018 年 8 月号上半月刊）

年轻的神

泉　子

他们能认出你吗？

一个一百年前的黄宾虹，

一个一千两百年前的杜甫，

一个两千年前的耶稣基督，

一个两千五百年前

惶惶如丧家之犬的孔夫子，

一个依然如此孤独，

依然并注定不能为一个时代所辨认的

年轻的神。

（原载《读诗》2018 年第 3 期）

悲欣交集

泉　子

"妈妈，谢谢你的养育之恩，"

在你遽然离世半个月前的母亲节，

在一张小卡片上，

我第一次如此郑重其事地写下了

之前一直羞于说出的话语。

在整理遗物时，

我在你枕头边的收纳盒中

再一次看见它。

我还可以再一次读出吗？

而每一次的读

都意味着一次新的

这人世从来的"悲欣交集"。

（原载《滇池》2018 年第 5 期）

生活依然是美好的

春　树

诗人皮埃尔开车送我们回酒店时

先放了一首他女儿唱的流行歌曲

又放了一首代表他审美的歌

那首歌不断地唱着"生活是美好的"

下车前，他兴高采烈地说："生活，是美好的！"

第二天午餐

他给我倒酒时

偷偷告诉我"其实我并不认为生活是美好的

昨晚我喝多了！嘻嘻嘻……"

他乐不可支的样子

像一头熊

偷吃了苹果。

（原载《读诗》2018 年第 1 期）

内荆河：1972 年的冬天

郑 伟

内荆河就在老屋后面

它在二十世纪八十年代变成一排小水塘

水塘又改作棉花地

可在父亲的记忆里　它是跑过大帆船的

下至汉口　上通沙市

还有一年一度的龙舟竞渡　锣鼓喧天

把古往今来的忧伤　邻里间的宿怨

热热闹闹地冲走

翠鸟和喜鹊交替衔来的四季

被母亲晾在门前的篱笆上忘了收

天不亮队长就喊出工

天黑了才来河边淘米

可新月啊　像一把腰肌劳损的梳子

铲不动内荆河一尺厚的冰

母亲把苦水咽了又咽

望着黑黢黢的老屋出神

（原载《诗探索·作品卷》2018 年第四辑）

一首不想结尾的诗

凌 翼

一行是给你读的

你的眼睛清澈如玉

一行是给未来的孩子读的

未来的孩子是大树撑起蓝天前的幼苗

一行是给自己疲倦的眼睛读的

疲倦的眼睛检验善良有没有被腐蚀

一行是给逝去的李白杜甫们读的

李杜们的灵魂在大地上空萦绕让诗歌穿透时空

一行给从来不读诗歌的人

他们不读诗不等于胸怀存放不下一首诗

最后一行在星星眨眼时我敲下

送给月亮下等待春天已久

即将发芽的叶子

（原载《诗探索·作品卷》2018 年第二辑）

碎

秋 水

花瓶碎了

为它擦拭灰尘时

挣脱了我的手

它一心想打破自己

想我知道我的爱是多么单薄

而它美丽的身体

装满了孤寂

（原载《汉诗》2018 年第 1 期）

蛟龙溪

胖　荣

溪水顺着溪水

像日子，挨着日子

这里的湾道，连着湾道

没有弯走的水

打转，成了漩涡

流走的水

遇见石头，掀起了白浪

群山悠悠，流水无愁

溪上有什么

水，就倒映什么

映白云，映山色，映庙宇

将漂流的橡皮艇映成，渡人的船

水中，一尾尾小鱼

游来游去

坐着蛟龙溪的摇篮

荡两岸青山

我抓鱼的石滩还在

小竹筏还在

我的奶奶和父亲，也还在

所有的水，都不曾流走

（原载《诗歌月刊》2018 年第 2 期）

独　奏

姚　辉

整座高原在挑选深谙沉默的歌者

整座高原　只安排一种衰老的火势

但你不能错过所有燃烧的指纹

神领走了最初的风　当神

说出入时的疼痛　你不能错过

种种命定的爱与煎熬……

你不能让鸟翅始终陈旧。整座高原

挤占神出示的季候　你不能只让

鸟翅掀开的天穹　坠向风漆黑的角落

整座高原只布置一种苍茫

你的骨头拥有的　必须由血肉放弃

整座高原　只需要一次刻骨铭心的遗忘

而你不能收回火势中酸涩的爱憎

神是唇齿间吱嘎的玉米

是鸟提给大河的花束　是一把刀

扼断过多次的痛与警示

整座高原只铸造一种星空

你不能忽略毁弃过的黑暗　那里有

神见证的耻辱　有神藏在腋下的启迪

你不能让山墙上单独绽放的花

忘记自己古老的奇遇

你不能辜负代代相传的暗疾

你的追悔可以重现　你的救赎

仍将不断延续——

整座高原只选择一种坦荡的失败

你是攥着颂词进入沧桑的人

你　不能背弃高原最为悠远的风向

（原载《人民文学》2018年第5期）

遗 忘

侯 马

我哥选中了一只公鸡

我们弟兄三人

把它折磨死了

死前

它好像不知道自己会死

我记得它落寞孤立的样子

我弟弟上小学后

把这件事写成了作文

他似乎不明白我们干了什么

或者说虽小却已会美化恶行

至于我

心里并不赞成此事

但当时一定没有反对

我拥有了一个可耻的开始

凡持暧昧态度的所作所为

事后经常忘记得干干净净

（原载《读诗》2018 年第 1 期）

秋风记

侯明辉

这一天一夜的大风

把巨大的暮色、野草和星空，吹得干干净净

甚至我的癖好和偏见，也被吹得无影无踪

呼呼的风声，多像整个秋天急促的呼吸

叶子落一片，白发就长一根

这些风，弯腰拾起了我的胃寒、肩周炎和牙痛

越来越拒绝应酬、逢迎和言不由衷

也拒绝自欺多年的忏悔和祈祷

只想看这场风，怎样将我和苦难的人间一起摇动

枯黄与凋零，怒吼与平静

都已一一退去

这场风，适合我的忧伤、徒劳和若有若无的鼾声

（原载《星星》诗刊 2018 年 2 月上旬刊）

群山里的灯

俞昌雄

同学朱奶根头一回去省城，看到

彻夜不眠的街道人流，他哭了
想起自己执教的那所群山里的学校
那夜里昏暗的灯
他狠狠地拍了一下脑门
天就亮了

我去过那里，一个叫当洋的地方
村庄挨着村庄，峰峦连着峰峦
长尾鸟噙着溪涧的梦
而溪涧的下方，总能听到
唯一的一所小学那琅琅的读书声

朱奶根就在那里，如本地植物
他曾无数次赞美他的学生还有那
脚下的土地，可是
他无法抠除弥漫眼角的雾气
还有肋下私藏的草木腐朽的气息

每当夜幕降临，他就守着校门口
那盏孤灯，群山不动声色
虫鸣咬人耳根。他的梦是一片
带露的叶子，在黑漆漆的世界里
他时常默念我写下的句子：
空山无一物，灯为宇，我近星辰

（原载《延安文学》2018 年第 4 期）

春天来了，我们要做个无所事事的人

剑　男

没有必要动土

没有必要清除腐烂的落叶

没有必要以为淤泥中的

残荷没有生命的气息

冬天过后，脱下棉袄的人

在风中等待雨水

没有必要焚烧荒草

没有必要剪枝

没有必要移栽幼苗

植物在替大地翻耕它的田野

没有必要打深井

没有必要擦洗犁耙上的铁锈

没有必要掘草木的根

风吹过幕阜山

万物都跟着轻轻动了一下

没有必要驱赶小动物

也没有必要掐尖和打出头鸟

春天来了，我们

要做个无所事事的人

看大地如何自己翻过身

自内而外焕然一新

（原载《诗刊》2018年6月号上半月刊）

想和你在爱琴海看落日

施施然

是的，就是这样

把你的左手搂在我的腰上

你知道我愿意将最满意的给你

手指对骨骼的挤压，和海浪的拍击

多么一致。在爱琴海

你是现实，也是虚拟

海面上空翻滚的云，生命中曾压抑的激情

像土耳其葡萄累积的酒精度

需要在某个时刻炸裂

相爱，相恨

再灰飞烟灭。原谅我，一边爱你

一边放弃你

鲸鱼在落日的玫瑰金中跃起

又沉进深海漩涡的黑洞

那失重的快乐啊，是我与生俱来的

孤独

（刊于《星火》2018 年第 5 期）

槐 花

姜 桦

从这个村庄到另一个村庄

要经过一座摇摇晃晃的独木桥

一个人要爬上另一个人家的屋顶

必须，借助一树槐花的阶梯

五月，白色的槐花顺着河坡

从高处垂挂下来，一脚下去

差一点踩空，幸好，被那

一大片馥郁的香气，接住

很多时候，在阳光下抬起头

我看不清那些野槐花的颜色

奶白、深蓝，抑或是浅绿?

中午，谁在槐树下面燃起爆竹

黄昏，晚霞中的树皮是紫色的

包括那些赶着趟儿盛开的槐花

那一年，母亲在屋后的树下摘槐花

眼看那个少年滑下了邻居家的屋顶

一晃又是一年，所有来自远方的蜜蜂

都停在月亮下面，护着一盏盏浅绿的小灯

槐树底下，四个儿女被惊惶的母亲一一叫回

留下那呼唤，带着香气，去往四个不同的方向

（原载《扬子江》诗刊 2018 年第 4 期）

冬至日答张九龄

姜念光

今天的相遇未必没有道理

我未必不是孟浩然

特地在唐诗三百首的开头与你相见

拱手，打揖，一鞠到地

然后乘八小时高铁去北京

北京，未必不可以是隐居的襄阳城

未必没有李白和杜甫两个后辈

他们诗写得漂亮但官职太小

未必当上宰相才可以胸怀天下，而位高权重

未必不可以同时写情致深婉的诗

是的，你在开元盛世和写作中

巩固了双重江山

而现在是新时代，未必还要做大官，未必

在另一个盛世，继续写清淡典雅的句子

你定义，海上生明月

但现在，一轮新月，未必不可以

从山中或者高楼大厦之间升起

今夜，我在你的故乡始兴县

我穿过的夜晚，是和你一样的夜晚

但我早已不像你那样写诗

我相信，一千二百七十多年的修炼足够了

你看，我带着

石头明月，手机明月

溪水、电灯和微信的明月

乘坐的汽车驶出老虎出没的车八岭

一个加速度

就从此时，回到了天涯

（原载《延河》2018 年第 3 期）

神在我们喜欢的事物里

娜　夜

我躺在西北高原的山坡上

草人儿躺在我身旁

神在天上

当沙枣花变成了沙枣

神在我们喜欢的事物里

我一个孩子懂什么

没有了小提琴

我孤单地跟着一条小河

几只蝴蝶　或者翻山吃草的羊群

几个音符跟着我……时间

在 1973 年的标语下战栗

高原上　当我对一只羊和它眼里辽阔的荒凉

与贫瘠说：

神在我手心里

我一定紧紧攥着一块糖

而不是糖纸包的玻璃球

不是穷孩子们胃里的沙枣核

（原载《西部》2018 年第 1 期）

两地书

娜　夜

活着的人　没有谁比我更早梦见你

你对我说……

你对我说……

你的死对我说……恍若：

来世……致敬：

今生！

（原载《西部》2018 年第 1 期）

走在雅布赖寂静的夜晚

娜仁琪琪格

是无边的寂静，

偶尔有一辆车，疾驰而过。

整个雅布赖大街

就剩下了我们几个人，在行走

幽冥漫漶，也在逼近，心底升起隐约的不安

那是童年走在乡间夜晚的感觉

道路两排的杨树，挺拔劲道

我从没发现过，杨树这么俊美，这么传神

它们的呼吸，是那么真切。它们睁着闪烁的眼眸

它们听到了我们的赞美

到了雅盐宾馆，举头望向天空

满天的星星屏住了我的呼吸。那么纷繁，那么明亮

银河清澈，正流经我们的头顶

（原载《星星》诗刊 2018 年 8 月上旬刊）

空 惘

起 伦

辽阔这个词我已彻底弃用

我一生追求的大气象，不再与我沾边

愚顽的中年，被虚光占领

明白这一点不算太晚，也无须太难为情

生而为人，能将人做好殊非易事

不像门前这条河

携带全部秋光，永不知疲倦地奔向远方

我需要驻足，需要停下来小憩或枯坐

此刻，我将目光

从书架上那对彬彬有礼的法国红酒移向

餐桌角落里那坛快要见底的家酿米酒

心里突然蹦出一个词：空惘

一种微醺的愉悦和快感将自己裹紧

是啊，空惘！多结实的一个词

不就是浏阳河边这套老旧的住房？

虽不那么宽畅，也足够

安置一个人余生的散淡和内心的悠远……

（原载《中国诗歌》2018 年第 1 卷）

写给岁月的情书

荫丽娟

不用结绳，你给予我的

我都会一一记得。

比如弯曲如水蛇的命运线

比如眼睛里，或暗淡或清透的水波纹。

我已经习惯了，摸着你

微凉的额头过河。

春天在远处，每年

都会等我赴一次奢华的盛宴。

其实，你给予我的

远比我想得到的要多。

你是我每一个欢快的白天，忧伤的夜晚

你是生活转弯处的

一只邮筒：老旧而沉默

我喜欢那种颜色，就像一封多年前写好的情书

恰好有了开花的欲望。

（原载《诗歌风赏》2018 年第 2 卷）

左行草

聂　权

"左行草，使人无情。"

无情的生活怎么过

是否能舍下这世间温暖

容我想想。

而有时想想过往

又真的想觅一株这样的草来

（原载《柳洲》2018 年第 2 期）

钉 子

贾玉普

如果我是那根钉子
一锤一锤
钉入墙中

如果我足够长，足够硬
足够
百折不挠

钉尖穿透墙体
将那边的夜，瞬间
戳破

我依然不能
把那阵阵疼痛，完好无损地
传递给你

就像一个搭错车的
盲人，坐在一个反方向的
座位上

或者，由原来这只手
调换一下锤柄，像纠正一个错误
将我连根拔出

在墙体上留出一个

鲜明而看不透的

黑洞

（原载《鸭绿江》2018 年第 4 期）

悲秋：致一个字一个字

徐俊国

你说秋虫叫得好听，

其实它们在悲秋。

悲秋就是用翅膀上的霜，

或者嗓子里的雪，

表达凉薄的愁。

小愁是芭蕉表达风，

大愁是虫子在啃老皇帝的家书。

我爱的人在远方替我喝酒，

我有些难过。

一首诗越写越短，

我往时光的深渊里看了看，

一个字一个字，泪流满面。

（原载《星星》2018 年 5 月上旬刊）

再见：致白露

徐俊国

牛筋草又长高了一寸。

可以枯萎了，

可以与额头的旋涡说再见了。

生生灭灭的轮转，

需要一个蔚蓝的停顿。

锦鲤轻轻弹奏浪花，

破解了一座桥苦闷的倒影。

再见，绿叶子口琴，

我要坐化为种子，

躲一躲大雪纷飞。

白露压了压万物的长势，

我彻底安静了。

（原载《星星》2018 年 5 月上旬刊）

祖　母

殷　俊

祖母生于一九一二年，卒于二〇〇八年

前半生多战乱

后半生凄苦

终其一生都在惶恐中度日

对于命中无力摆脱的东西，诸如

黑暗、贫穷、饥饿、丧失、疾病、孤独

先是抗争，后来逃避

晚年安守

我至今记得她在夜色中讲述她童年中的父母

而从未言及过爱情或祖国

记得头顶微弱的星火持久照着她的双眼

空洞而虚无

终了，儿孙们选择河水西岸

安放其尘灰

那些带给她不安和恐惧的东西终于

在绝路前散了

想想她漫长的一生

以卑微的命顽固地活

想要依附的何其多

唯有永可依附的死亡延续她与这世界的瓜葛

（原载《青年文学》2018 年第 2 期）

那世界多么清澈

高 文

走到桥上，一位老太太让我停了下来

你看，那条大鱼，在水里一动不动

声音很轻，确定是对我说的

她示意的方向，一条黑鲤鱼停在水中

身下，水草茎叶苗壮，一团团地舒展开来

她在桥上看了很长时间，忍不住

跟一个路人说出水里的秘密

我们一动不动，跟鱼保持一米多的距离

那世界多么清澈，水草如同大地上茂密的森林

向着远方绵延，起伏。静寂是无边的美

与之相比，岸上的桃花、海棠已过于肥腻

这时，一对恋人停下来，扶着栏杆

一个抱孩子的女人、路过的中年男人，也停下来

许久了，大家盯着那条鱼，一动不动

仿佛每个人身上要生长出鱼鳍

每个人都带着卸不去的生活的盔甲

（原载《诗刊》2018 年 3 月号下半月刊）

疼痛：豆豆

高 兴

此刻

我在想念豆豆

豆豆肯定

也在天上想我

我们彼此

想念的时候

疼痛

就会踮着脚尖走来

这是世上最甜蜜的

疼痛

为我带来

我一直渴盼的消息

我知道，我知道

豆豆正用

她的小爪子

一遍遍地

抓挠我的心口呢

只不过

她还是那么鲁莽

那么冲动

一点不知轻重

每一下

都仿佛

咬牙切齿的样子

每一下

都好像

要决意刨出一条

重返人间的路途

（原载《江南诗》2018 年第 4 期）

祖母的爱情

高短短

我们一起散步时

她紧紧地抓住我的手臂

像个未经世事的孩子

世俗给她蒙上的遮羞布

让她有太多无法说出口的秘密

她只能等待，等桃花谢了春红

等青杏从树上落下来

等时间抽干了她身体的水分

她只剩下垂的乳房

和爬满妊娠纹的小腹

没有哪一样不能证明

她曾拥有生殖的隐秘

也没有哪一样可以证明

她曾有过爱情

她曾饱含弹性

（原载《西部》2018 年第 1 期）

寒潭记

高鹏程

我看见更为细小的鱼，在深潭边嗫喋

在我走近时，倏地一下散了

让出潭中唯一一块能照到阳光的地方

很显然，它们并不想与我同乐

但不要紧，我有三两旧友

有随身携带的粗陶茶壶，来煮这半日的浮生

这是珠山脚下一个普通的午后

远处的小县城，有钉牢我的饭碗

而眼前的寒潭，碧湛、澄澈，足以钉牢一个人的心

岁月静好，茶水微漾

浮生微尘以及远处，江湖里的波澜

安静地沉在了杯底

想起我的孩子造的另一个句子：

"蜻蜓在草尖上盘旋——

它在寻找停机坪"

是的，蜻蜓能在草尖上找到一块停机坪

我也能在心中豢养一口寒潭，几条自得其乐的游鱼

（原载《诗林》2018 年第 2 期）

清江大佛

唐　力

他的目光是草木的目光
他的脸庞是草木与山石的脸庞
他垂下的双手，是巨大的岩壑之手
是光与影变幻之手

他宽阔的双袖，是藤蔓和树木
编织的葱郁之袖
在那隐秘的疆域里
是飞鸟和群星的旋转

他站立岸边，脚趾流出一江清水
这液态的经书
无须用手，它一页一页自动翻开
无须寻找读者，它只存在
无须朗诵，大地自己朗诵

他的膝下，万物平和
他壁立千仞
却有一颗，尘埃之心

（原载《扬子江》诗刊 2018 年第 1 期）

黑马河草原的一只花栗鼠

唐 欣

正独自面对青海湖

眺望升起的朝阳

却蓦然发现脚下

不远处　一只小花栗鼠

也在草地上的洞口

探头注视着远方

那么小的　它的心脏

也同样跳着吧　但它一动

不动　他也只好一动不动

很长时间　直到晨风吹来

让他忍不住打了一个喷嚏

花栗鼠脑袋一缩　飞快地

钻进了地洞　有点抱歉

却也无从表达　花栗鼠

多半不会记得他　可他

肯定忘不了这小家伙

（原载《读诗》2018 年第 2 期）

剥洋葱

唐小米

姑姑在剥洋葱

洋葱让姑姑流泪

洋葱因为开不出花委屈了一辈子

剥去旅居地、迁徙地、暂住地

姑姑要剥出洋葱的籍贯

剥去死掉的丈夫、打工的儿子、走失的狗

摔碎的鱼缸

姑姑要剥出洋葱的命运

一层一层，不停地

姑姑，像在掘开自己的坟

像要越来越快地

挖出自己

在这个村子，这个午饭时辰

有多少人在剥洋葱?

有多少人像姑姑一样

不停地

流着泪

（原载《诗选刊》2018 年第 8 期）

那些笨槐花

幽 燕

小时候，我曾长时间仰望它的花瓣

怎样自树端簌簌地飘落

没有香气，也不悦目，很快铺满路面

有风的时候她们会沿街奔跑

又忽然犹疑着停下

仿佛一群并不出众的姑娘

总爱顺着大溜生活

那时候，槐北路行人稀少，被笨槐树巨大的

树冠遮盖得幽暗清凉

长长的暑假，我和小伙伴

捉树上垂下来的"吊死鬼"吓哭更小的孩子

踩着路上细密的绿虫屎去同学家写作业

时光，仿佛街边呆立不动的笨槐

迟钝、滞重，沉默地陪着一群盼望长大的孩子。

不像现在，是飞奔火热的年代

槐北路已显逼仄，经常塞车

那些伙伴，也四散在各自的命运里

生活中的泪滴，仿佛笨槐结出的豆荚

在各自的枝叶间一簇一簇，若隐若现

（原载《诗探索·作品卷》2018 年第一辑）

记 忆

耿占春

能不能借我一毛一？我想

喝碗汤。人群中的一个陌生人
轻声这样说。他看起来跟我
一样年轻，衣裳穿得比我还洁净

坐在油漆剥落的联排木椅上
我疲惫地摸着身旁的行李
抬头看看却没有回答，因为
跟他一样，在秽浊的空气中

在没有暖气的冬夜，在等晚点的
火车。可在他转过身去的瞬间
分明看见他眼里的泪水，在昏暗的
灯光下，仍能看见寒意与伤害

记忆是一笔未能偿还的债务
包含着不良的自我记录，尴尬与酸楚
那一时刻是二十世纪七十年代末
在商丘火车站，春节刚过

如今伙计，但愿你早已是个暴发户
即使你仍是一个背着包袱
南下打工的老头，我也想再次
遇见你，我们该与我们的贫穷和解

一毛一分钱和一个人的眼泪
一毛钱是一个人的窘迫，是另一个

人的内疚，我们是两个年轻人

而该死的岁月曾如此贬低了我们两个

（原载《读诗》2018 年第 4 期）

秘　密

起　子

当我还是个孩子

春节在亲戚家

被一个表哥欺负

午饭前我独自离开

顺着乡间的路

向家走去

在一个岔路口

我为想象中寻找我的人

感到担心

捡来一些小砖块

在地上摆出一个"走"字

再摆了一个箭头

指向回家的那条路

结局却出人意料

邻村的一群小孩

从竹林里向我扔石块

我怕挨揍

跑回了亲戚家

刚好是午饭时间

我留在路上的那个"走"字

没人会看到

它应该

被来来往往走过的人

重新走成了一些砖块

连同那个指向家的箭头

（原载《读诗》2018 年第 3 期）

会开花的树

烟　驿

你在梦里叫我，声音穿过毛白杨

雪从树上飘下来粘住睫毛

我不知道对你说些什么

空气中弥漫着栀子花的香气

呼吸像细微的涟漪把房间扩大

黑暗是一个洞越往里走越深，最深处

有生活和植物生长的味道

黎明时金星停在东方天边

天有些阴沉，似乎要下雨

这几天一直想你说过的话听过的歌

想一起去过的地方，路途已变得渺茫

事物变化像天边雨云

难过时

想象自己是一棵大树

在春天开满花朵

（原载《青岛文学》2018 年第 1 期）

转眼间就秋天了

海　城

转眼间就秋天了，

那么多事物在周围，

开始了私语，

喜欢拍照的云影，

在水上摆身姿。

我聆听、追踪，

从千丝万缕中，抽出一个答案，

鼓励季节之心，

继续跳动，吐出最后的火焰，

护佑残存的幻梦。

我一次次妥协，

用剩余的想象泡沫，

淹没自己，将等待拉长。

初秋所引领的光芒，

照在身上，填补上一个冬天的窟窿。

关于生活与爱情的命题，

我准备了一堆疑问句，

交给落日先生，

进行夜思考，明天，

由朝阳之口说出全部的秘密。

秋天的一举一动，

暴露万物，各自变换着容颜，

有人隐身于秋色，

谛听虫鸣，成为祈祷者，

我独守静默，看一只蝴蝶飞过矮篱。

（原载《山东文学》2018 年第 7 期）

青野之乡

谈雅丽

蓦然想起我爱过的你，想我从田野回来

你故意躲避着我

让我感到十分痛苦

你穿深蓝短袖，阳光下满脸温和如水
如果我回头看你，你会不自觉露出
紧张和尴尬

想起翠绿稻田，我把田埂越拉越紧
只有铁轨令人炫目地延伸
将我送向了远方——

从此后我假装忘记了你
故乡的临湖小镇在梦里回荡
摇动的水柳，圆脸铜钱草
整日下个不停的细雨啊……

从此后我每次做梦，都想问："你，爱过我吗？"
每次你默不作声，漆黑的眼睛
就像故乡远逝的——青野之乡

（原载《山东文学》2018 年第 5 期）

倘若喜欢

桑　眉

喜欢一个人是什么感觉

我们都知道

你的喜欢与别人的喜欢有什么不同

你却不知道

我的喜欢是十八岁的

从约会开始

手牵手过马路

电影散场后拥抱依依惜别

站台上与车轮一起奔跑

有一天你突然立在我经过的地方

我会飞扑过去

仿佛蝴蝶出茧

仿佛生命中最初最后的投奔

从此，白昼有南风夜晚有星辰

我的喜欢是崭新的

不因为人到中年积满尘灰

我的喜欢是梦境的

要用无数虚构来排练

（颤抖的

要用手掬着的

口含着的

用胸膛不灭的焰火烘烤着的……）

（原载《汉诗》2018 年第 1 期）

一些青草是怎样漫过一个人的

黄　浩

我的兄弟

被一些青草覆盖

青草漫过了他的头颅

直至把他掩埋

他在茂盛的青草间摇晃着身子

整个雨季

青草很快漫过了一座新坟

可恶的青草一直欣欣向荣

它在这个夏季里

蔓延并不断向前延伸

占有了全部的山坡

对于青草

我有说不出的怨恨

它令我的内心荒芜、寂寞

不知所措

有时候我用镰刀砍割或用野火烧它们

看它们痛苦的表情

我惊奇地看见

它们跟我们一样

也留下了悲伤的泪水

（原载《诗刊》2018 年 5 月号下半月刊）

离别诗

黄小培

一生都在离别啊，流逝的时光

一刻不停地带走旧风景，

带走旧家具和年迈的亲人。

花花叶叶陆续离开枝头，

消失在燥热的蝉声中。

我也在不断离开自己，我感到

体内一些小螺丝开始松动，

身体开始发福，变得贪婪、虚伪、富有野心，

这种样子曾令我厌恶又恐惧。

如果祖父还活着，他一定会在门前的

菜地里种下许多豌豆和大葱，

然后抽着烟骂我混蛋。

为此，我醒在白天和黑夜之间，

像一个梦游者拖着疲惫的身躯

一次次奔入火热火热的生活，

我的青春正像风一样从我体内撤退。

如果你见到了像我这样的人，

你就能看到且明白他眼睛里的深渊。

请原谅他不停地奔走在远方，

原谅他那颗丢失的悲悯之心

和无处安放的乡愁，

原谅他被生活的再教育封住的嘴。

（原载《读诗》2018 年第 2 期）

甲 虫

黄沙子

在红螺寺有人发现

路上的两只漂亮甲虫

其中一只已经被踩死

看起来就像落在地面的

陨石的颗粒，带着陌生的光

活着的那只正在向草丛爬去

它似乎忘记了自己会飞，也忘记了

给同伴收拾残骸，哪怕是

短暂的凭吊也没有

我们蹲下来用树枝帮助它前进

它显得更加慌张

一个劲地在那里转圈

我们只好后退，一直退到以为它

不可能看到我们的地方

它终于停止爬行，站立片刻后

打开翅膀飞走了，我想正是这认真的站立

让它找到了自己该做的事情

仿佛一个人在经历恐惧、同行者的死亡之后

总是会陷入沉思

但还是会孤身去往远处

（原载《汉诗》2018 年第 1 期）

和两个男人看海

梅苔儿

我承认，我语言笨拙

没找到一个合适的词语

来安放海的蓝

身体里一直住着自己的海

咸涩，不安，哭泣

这片海呀！安营扎寨很多年

在异乡，是什么？将它轻易放倒

和梁积林、刘向东两个男人行走海边

说起我六十岁以后想出家

可一抬眼

天映着海，海映着天

你映着我，我映着你

这苍茫间，辽阔与细微的水乳之欢

我怎忍辜负？

海鸥，偷穿我的白裙子，飞过

它也如我般

衣香鬓影，点水

明日，我将回到我的河

（原载《椰城》2018 年第 5 期）

路过大连路

曹安娜

电线杆和法桐之间

拉着一条绳子晾衣服

门洞里的小摊在卖草莓

那所学校已经换了名字

我参加高考的地方，难忘

监考老师嘶哑的嗓音

他说历史将会记住这一天

这一天的日期，我忘了

考的什么差不多也忘了

只记得手抖了很久，很久

这一天改变了许多人的命运

包括我，这一天

命运之手挑选了 43 个人

不同职业，不同年龄

成为一个班的同学

是的，七七级同学

这个自豪的名称

从此，成为生命的烙印

那时还不知道，从此

我们与时代一起

迈进了一道有光的门

这是青岛一条普通的路

这里住着普通的人们

有一所普通的中学

多年前我无聊地在路上闲逛

孤独且饥肠辘辘，也很馋

吃遍商店仅有的几种点心

灰暗的街道，很陡的上坡

爬起来很累，腿很酸

记忆里的岁月是灰色调的

看不到青春脸庞的红润

思绪，随着下坡的路

滑行，到路的尽头

破旧不堪的楼房正在拆迁

我想我的记忆是拆不掉的

（原载《青岛文学》2018 年第 7 期）

比喻的偏见

曹树莹

咖啡已与咖啡馆失去了联系
下午已与阳光失去了联系
远处的高树模糊在烟雾之中
身边的玫瑰呈现出欲望之美

所有的思想都不需要戴着帽子
哲学家跳进大海企图在浪里从头再来

他的拖鞋是他思想的一部分

现在他光溜溜的形体与浪花一起涌动

那么沙滩才是全部的纪念

纷乱的脚印仿佛某个犯罪现场

匆忙的诗人就像一阵海浪

退出我们无法忍受的嘶叫和阴冷

打声招呼回到各自的位置吧

在稠密的空气中容易呼吸不畅

人们终究会发现　拖鞋是哲学家思想的

残片　而玫瑰则是诗人心灵的摇曳

（原载《诗刊》2018 年 8 月号上半月刊）

水　牛

康　雪

它吃草的样子，真是温柔。

它的尾巴

甩在圆圆的肚子上，也是温柔

它突然侧过头看我，犄角像两枚熄灭的

月亮，但它的眼睛

黑漆漆的，又像蓄满了水。

我们短暂的对视，再低头时

它脖子上的铃铛发出

轻微的响声——

我们就这样交换了喜悦，我们将

在同一个秋天成为母亲。

（原载《扬子江》诗刊 2018 年第 1 期）

雪的提醒

商　震

落雪的时候

不要开灯

所有的光都有噪音

雪落无声

听到的声音

都是记忆的回响

一片一片落下来的雪

是我的童年

也是我的故乡

哪里有雪

哪里就是我的童年

哪里有雪

哪里就是我的故乡

我在变老
雪永远年轻
雪落在民谣里
"黑狗身上白，白狗身上肿"

我站在民谣里
不知是身上白
还是身上肿

突然有人提醒我
这是北京的雪
不会有我的童年和故乡
一片雪"啪"地
打在我的脸上

（原载《诗歌月刊》2018 年第 4 期）

对　视
商　震

我和一杯酒对视
酒杯看到了我心底的寒
我看到了酒里的火

我不喜欢交换

不喜欢用火掩盖寒

酒杯不大

装着满天的星星

我的身体不宽

足够藏住那些寒

酒杯一直盯着我

我不看酒杯

看满天的星星

（原载《芳草》2018 年第 5 期）

深居简出

梁　平

骑马挎枪的年代已经过去，

眉目传情，只在乎山水。

拈一支草茎闲庭信步，

与素不相识的邻居微笑，与纠结告别。

喝过的酒听过的表白都可以挥发，

巴掌大的心脏腾不出地方，

装不下太多太杂的储物。

小径通往府南河的活水，鱼虾嬉戏，

熟视无睹树枝上站立的那只白鹤。

那是一只读过唐诗的白鹤，

心生善意，脉脉含情。

后花园怀孕的流浪猫，

哈欠之后，伸展四肢的瑜伽，

在阳光下优美动人。丑陋的斑鸠，

也在梳理闪闪发光的羽毛。

我早起沏好的竹叶青，

茶针慢慢打开，温润而平和。

（原载《诗刊》2018年2月号上半月刊）

黑河观日出

梁　梓

一条河

从来都不是要把两岸绝对地分开

不是分界

而是契合，弥补。充盈它们之间的鸿沟

此刻，我站在黑龙江畔——

站在和另一个国度即将要迎来的黎明

轻易地获得满怀的激动，庄严，神圣

我看见太阳的小半边脸，红彤彤

像一个孩子的脸，赤诚，懵懂，新鲜

恍惚之间，隐约看见它踮了一下脚尖

光芒一下子就从身上抖搂出来

像一只巨大的鸟儿瞬间打开翅膀飞过来

从普希金，彼得大帝的故乡

从对岸的城市——布拉戈维申斯科

我仿佛看见

布罗茨基的黑马，瞬间腾空而起——

然后是太阳！

我们的太阳，它升起来，它布道一般

用纯金瞬间就铺满了河湾

这一刹那，我知道身后的祖国都将被照耀

我内心深处仿佛某个久违的，神圣，静谧的区域

也被瞬间照亮

（原载《长白诗世界》2018 年第 13 期）

盛满月光的院子

梁久明

推开院门，恍若突然看见

整个院子一下子盛着满满月光

看见那些家什沉在里面

挂在屋檐下的是上午用来铲地的锄头

立在墙角的是下午用来挖土的铁锨

它们没有一点疲乏的样子

个个神态安详

院子中央的压水井

墙根下的两只柳条筐

井边的洗衣盆和旁边的一块石头

都不是白天看见的模样

都像刷了很薄的银粉晾在那里

一声鸡啼是梦中的声音

狗老远就听出了我的脚步

在我进院时一声不吭

双脚试探着移动

最后停在院子中央

我不知道月光照在我身上的样子

我想，肯定跟照在家什上不同

月光透进了我的身体

我不会像那些家什

在月光移走之后

又回到原来的灰暗中

（原载《诗探索·作品卷》2018年第四辑）

最后一点活

梁久明

总是这样。有的人将最后一点活

扔在地里就不管了

任大雪覆盖、北风刮走

就像一篇文章

一路铺排下来

到了结尾却如此潦草

旁边的苞米地里

那些秸秆长短不一地站着

身上留有烧焦的亮黑

我还在一棵一棵地割着

然后把它们拉回村

垛在它们应该在的地方

其实，比较起所下的力气

这最后一点活真的没什么价值

而我就是喜欢

收笔的干净利落

（原载《诗探索·作品卷》2018 年第四辑）

秋风辞

梁尔源

古道在蒿草中隐身，老客栈拴的瘦驴

被秋风呛出一个响鼻

一支马队，在云间走失

炊烟没精打采，山峰腼腆

坝上的那面镜子里

有一行大雁还没回家

少女在擦拭蓝天，天际多么深远

山村的眼睛仍在梦里

穹顶越来越高，凡间很低

夕阳的手，涂抹着裸石、峭壁和裙摆

唢呐和头巾在远眺

果实掏空了村庄的念想

秋风在脱衣，节气已赤身裸体

群山的腰间别着金黄的咒语

（原载《上海文学》2018 年第 6 期）

一个盲人来看莲花

梁志宏

深一脚浅一脚的
我认识的一个盲妇，拉着老公
走近汾岸莲花池，睁大一双
浊白的眼睛，露出洁白的笑容。

盲妇说她从小喜欢莲花
失明后一直记得花开的样子。
我相信她能看得见莲花
心里有爱，有亮，借一缕莲香
天眼便开了，看得见阳光下泥土上
圣洁的花容挺拔的光景。

怔怔瞅着深一脚浅一脚的背影
匆促的光阴，我的心头五味杂陈。

（原载《都市》2018 年第 5 期）

忍　住

琳　子

你要忍住爷爷的咳嗽
忍住大黄狗舔你的手心

和脸。忍住铅笔橡皮红方格稿纸
忍住柜台里的高高悬挂的
小人书和蜡笔画

你要忍住第一次从身体内
突奔而来的血
你多惊慌啊，你的破碎从此开始

你要忍住跳高
跨栏。忍住一个男孩子眼睛里的蜂巢
忍住他嘴唇上的绒毛
和喉结上的滚涌

要忍住儿子。忍住由此而来的
前程。忍住节育环
忍住飞机
忍住铁轨忍住公路甚至要忍住所有的
速度和震动

最后，你要忍住泉眼
忍住高潮
忍住灰烬

（原载《读诗》2018 年第 3 期）

我的小老乡

彭铁明

母亲托人捎来一袋罢园莴苣

意外带来了一只小蚂蚁

看你愣头愣脑一动不动

料你还在想：

这莴苣，腰挺苗条的，怎么就抱不过来呢？

可你没法去想，五十分钟车程

就把你从一介乡下人

算计成了一个城里客

没猜错的话

你也是弘一法师闭眼的那一刻

最放心不下的那些个蚂蚁的后裔

我动用一片莴苣叶，做你前世今生的船

渡你到宿舍楼前

好泥好土好花好草的绿化带

从此，你弱不禁风的身子

要装下一座小县城所有的冷露和孤独

从此，每天推开窗户时

我都会，叫醒内心里的一只小蚂蚁

和它一起，向绿化带中的你打招呼

"喂，朝这里看过来

我的小老乡"

（原载《诗潮》2018 年第 8 期）

在小镇

董书明

能不出去，就不出去了。长久地住在小镇

一切也挺好的。镇中心的双溪河

政府出资，两侧新修的堤坝

适合在黄昏，带上影子

独自去散步

工作日，陪着爱人去镇东的水厂上班

开闸、关水、抄表

习惯了，抽刀断水的快意人生

一日三餐，须亲自到菜园摘菜，下厨

从藕山捡回延年的松针，生火做饭

雪夜，一个人品茶。安静地

填词，将一群汉语赶入一首诗的山头

让它们建立政权，砍掉诗歌的

赘肉。或把多余的字数

遣返给字典。像把盲流遣返给故乡，心生敬畏

（原载《诗林》2018 年第 4 期）

快递员送来自行车

斑　马

快递员把它放在村口的人家

就离开了

傍晚时候

女人开三轮车

顺路把它拉回来

小女孩已经迫不及待想要

试下她的新玩具

男人撂下手里的活

从屋子里拉来电线和电灯

他告诉孩子

在自行车组装好之前

要保持安静和耐心

在庭院的灯光底下

随着自行车的轮廓

逐渐显现

小女孩发出惊讶和赞叹

她手里拿着扳手和

螺丝刀

准备在必要时递给父亲

小女孩身后

一轮新月在

小树林后面升起

小树林稀疏而清晰

好像倒影在平缓的河流

（原载《汉诗》2018 年第 2 期）

邻　居

崔宝珠

黄昏时，我左边的新邻居搬走了

我没来得及认识他们

透过白墙看到隔壁空空的房间

一丛丛蜀葵正在虚白中飞快地生长开花

有一朵从窗子里探出头来

仿佛热情、妩媚的女主人

她的笑脸使我的梦变得温暖

时令已近小雪，我右边的邻居

在院子里劈柴，他汗湿的脸热气腾腾

我亦从未拜访过住在我后边的邻居

我想象她在深夜里像我一样

铺开稿纸，写下诗句

我坐在小房间里勾画我

周围的邻居，也许隔了万水千山

他们模糊的脸上有明亮、亲切的眼睛

不久，一场大雪将降下

掩埋你我之间的路径

我们都是拿孤独提炼钻石的人

当尘世上所有的灯都熄灭

世界黑暗，这些钻石将上升

变成星星

正是我们共有的孤独构成了星空的完整

（原载《诗探索·作品卷》2018 年第三辑）

我们不能不爱母亲

韩　东

我们不能不爱母亲

特别是她死了以后。

病痛和麻烦也结束了

你只需擦拭镜框上玻璃。

爱得这样洁净

甚至一无所有。

当她活着，充斥各种问题。

我们对她的爱一无所有

或者隐藏着。

把那张脆薄的照片点燃
制造一点烟火。
我们以为我们可以爱一个活着的母亲
其实是她活着时爱过我们。

（原载《青年文学》2018年第4期）

给普珉

韩　东

有时，我心中一片灰暗
想找一个远方的朋友聊一聊。
因为他在远方。

他的智慧让他卑微而勇敢地生活
笑容常在
像浑浊世界里的一块光斑。

走路、买菜、坐单位的班车……
他酿造一种口味复杂的酒
把自己喝醉了。

我常常想起他的醉态可掬，他的酒后真言。

他在一张红纸上写了一个黑字"白"

我在白纸上写了一个红字"黑"

就是这样的。

我们可以聊一聊：

卑微的生活，虚无的幻象。

（原载《青年文学》2018 年第 4 期）

复　活

韩文戈

有一天我把败落的村子原样修复

记忆中，谁家的房子仍在原处，东家挨西家

树木也原地栽下，让走远的风再吹回，吹向树梢

鸡鸭骡马都在自己的领地撒着欢

水井掏干净，让那水恢复甘甜

铲掉小学操场上的杂草，把倾倒的石头墙垒起来

让雨水把屋瓦淋黑，鸟窝筑在屋檐与枝头

鸟群在孩子的仰望中还盘旋在那片天空

在狭窄破旧的村街上，留出阳光或浓荫的地方

在小小的十字路口，走街串巷的梆子声敲响

把明亮的上午与幽深的下午接续好

再留给我白昼中间那不长不短的午梦

当我把老村庄重新建在山脚与河水之间

突然我变得束手无策

因为我不能把死去与逃离的人再一一找回来

（原载《诗东北》2018 年上半年卷）

茶叶有自己的问候方式

黑　枣

茶叶有自己的问候方式

第一声"早安"，它是捏着鼻子

在水底说的……水温尚高

它不得不打开衣襟

泄露了体内春光和呼吸里的暗语

当我把小小的壶盖像一扇天窗

轻轻推开。它说："哎"，或者"爱"

刚从春夜里被释放的体香

被汗水濡湿的情欲的气味

永远也睡不饱的疲沓的早晨……

接着，它说了第二句"早安"

这才算正式的问候。于是

我与之交换了口感、疑问以及心得

茶叶有自己的问候方式

我也有我的。我不张口

连两侧鼻翼的纱门也一同关紧。

花顾自开，树叶顾自绿

我跟我喝茶。茶里有一个爱人

茶里有一尊菩萨。茶里有这个早晨

与世界和解的另一种方式……

（原载《草原》2018 年第 2 期）

莫干山

谢　炯

仿佛还是昨夜

挤在上海去杭州的最后一班火车

在两节车厢间，坐在铺着旧报纸的地上

和你，和你们

我并不知道这座山叫莫干山

那是春天，新茶刚刚上市

翠竹将风轻弹过山峦，空气清新

我们进出了几座寺庙，夜宿在农家小院

你们三个轮流到屋后小便、吹口哨、抽烟

然后回屋裹在棉被里，高谈哲学

我突然听见山涛声、雨声、花吐蕊的嘶嘶声

你眼神踏过星空的马蹄声

仿佛还是昨天，1985 年的清晨

阳光从木门底漫进来，不知名的山雀啁啾

我从山上走下来……

（原载《诗潮》2018 年第 8 期）

活　着
谢克强

作为一个诗人
实在有一点惭愧　愧对
生我养我的这块土地

因为不会说话
常把愤懑的表情浸在诗里
就像树把花朵挂在枝头
我知道　写诗毫无什么用处
只不过在迷惘与痛苦时
找不到其他的活干

由此　那些积攒淤积的孤独
常被月光翻译着　时不时
肆意折磨着我　那时
我就怀抱瘦骨沉入生存深处
用孤独与寂寞淘洗词语
让思想开花

至于那诗有多大用处

不用管它　我也管不了它

只想有声有色

在词语交织的隐喻中

证明我活在这块土地上

为诗活着

即使我离开这块土地　还有

我的那些长长短短的诗句

替我活着

（原载《诗歌月刊》2018 年第 5 期）

勃兰登堡协奏曲及其他

蓝　野

很多次了

在城市，乡村

熟悉的地方，陌生的地方

夜晚安寂之时，或者午后喧闹之时

音乐会突然响起

从临街小店的音箱中，自高树上的喇叭里

旋律倾泻一地

我就在那乐音笼罩下

或者激荡，目光放远，内心轰响如河流

或者安静，从内到外，像一棵站立的树木

天地之间

我旋即进入剧情

在最合适的配乐声里，出演了那一刻

没人替代的主角

（原载《诗探索·作品卷》2018 年第一辑）

春明小史

蓝　野

这注定是一首藏下秘密的短诗

在吃蘑菇的小店里饮酒的人

就是浑身着火的人

饭馆和食客，这强大的掠夺者

将森林搬上饭桌

是的，流水也在

鸟鸣也在

那洁净的草木味道都在这里了

眼前就有一个奇幻的故事

只是看我们怎样下箸。

沸腾的锅子，围桌而坐的人

喝下一杯，仰首长叹

我们要怎样在庸常的饭食前挨过这漫长的一生？

几次走到窗前

我对这喧闹伴着酣眠的城市，看了一眼。

透过窗户的星星，在天际

你可听得见我轻声的晚安？

（原载《诗潮》2018 年第 1 期）

日常：争吵之后

蓝格子

连日的争吵让他们感到身心疲惫

躲避已经成为惯常之事

如何在不快中克服绝望和分离的念头

要知道，有时

不爱，比爱需要更大的勇气

半小时的沉默之后

他倒掉烟灰缸里的烟草残骸

推门而去。她忍着悲伤

把该洗的床单换下来

这是他们在黑暗里，共同依赖的

单薄之物。另一条干净的床单

不过是更旧的一条

看起来如同新的一般

泪水被一同轻轻地展开，摊平

下午，他从外面回来

带一盒新鲜的蓝莓，还没开口

她就紧紧抱住他，他也是

阳光穿过窗帘的缝隙在地面晃动

就像两个人的心，在争吵之后

一阵一阵地，痉挛

（原载《扬子江》诗刊 2018 年第 4 期）

在都江堰柳街想起父亲
雷　霆

在都江堰柳街想你，有点遥远

昨天没下雨，四川盆地闷闷不乐

刚才下雨了，雨水打在宽阔的荷叶上

绵绵的，慢慢的，像我想你

我和几个诗人在檀树下喝酒

说起乡愁。身边是六月的田园

蛙鸣起伏，稻菽涌浪

雨水打在宽阔的荷叶上

就像反复敲打前世的一面鼓
一滴紧跟另一滴，父亲
这像不像小时候我紧跟着你
在六月的官道梁，茫然无措

透过烟雨蒙蒙的荷塘遥望北方
我看见荒凉的高原，河流干涸
岁月狠心丢下嗓子冒烟的村庄……
这由远及近的恐慌溢满心底
仿佛梁上的事物不该来到人间

你已离开我多年。我拎着
你给的那点尊严，努力活着
我知道，田园是我们共同的归宿
这一生我无法不对雨水敏感
我敬仰那些生命里充沛的滋润
就像此时雨水绵绵地打在荷叶上
就算是苦涩的，也是记忆中的甜

（原载《草堂》2018 年第 5 期）

盲　僧

雷平阳

不是每一座山上都有寺庙

不是每一座寺庙里

都有高僧大德

不是每一个高僧大德

都没有犯浑或走神的时候

现在，坐在我对面的这个和尚

是个盲人，他说：

"庙门之外，遍野都是佛灯！"

我欲起身证实，他让我继续饮茶

"你的一双俗眼和一颗俗心

只会看见黑暗中提灯赶路的人！"

我无言以对，看见茶案上的夕照里

两只草虫正在交配

他应该是草虫的主人

没有把它们分开。佛灯下

他的盲眼里，伸出两根分叉的蛇芯

（原载《诗歌月刊》2018 年第 1 期）

拉卜楞寺的中午

雷平阳

多一个人来到这儿

人世上就多出了一座寺庙

多出了一种宗教

我和我的儿子

就是今天多出来的两个人

一个喜欢寺庙顶上蓝色的天空

一个喜欢寺庙里活生生的神灵

这多出来的天空

这多出来的神灵

我们分别敬爱

各怀芬芳的心愿

离开拉卜楞寺之后

我还爱上了草原

爱上了多出来的辽阔

上面刮过的风，满足了我

对自由的思念

（原载《滇池》2018 年第 1 期）

陪母亲重游西湖

路　也

这一次，是我和母亲乘电瓶车

快速翻页，浏览西湖

一目十行，过目不忘

上一次，是十五年前，微雨的深秋

以脚步丈量西湖的周长和半径

那时父亲还在，指点江山

那次我犯偏头疼

躺倒在白堤的草坪，望向天空

父母围在身旁，我的疼痛里有故乡

那次游西湖之后，父亲又活了三年

此后母亲独居，我成半个孤儿

电瓶车正开过北山路

我忽然指向孤山的斜对面：

看啊，那是我们三人住过的新新饭店

当时预定它，只因胡适先生住过

那年在湖畔买的丝绸，还绕在我的颈上

那年的杭白菊，已无法在世间找寻

（原载《诗潮》2018 年第 3 期）

阳　关

路　也

二十一世纪的大风吹着汉代颓圮的烽燧

唐朝的一句口语诗悬在天地间：西出阳关无故人

我看见了什么？看见少，看见无，看见时间

看见时间把多和有变成少和无

我还看见写下那句诗时，那个长安诗人哭了
那个有雨的春天的早晨
犹如一封信函，邮寄至千年后的今天

阿尔金山在远处，爱着自己的白色雪帽
一条长长大路用丝绸铺成
倒换通关文牒，下一站即楼兰
和亲的公主最后一次回头，告别青春

风在沙漠上写下一个个姓名，又将它们掩埋
一只露出地表的陶罐是断代史的注释
惊扰了整个戈壁滩

只有红柳，胆敢与骆驼刺相爱
地平线不朽，地平线折不断，地平线永远横卧在前

是谁把我逼成了徐霞客，一个人跑出这么远
再也不会相见了，再也不会有音讯
故人啊，我已西出阳关

（原载《中国诗歌》2018 年第 1 卷）

心　酸

路　亚

有了小秘密的女儿每天

用英文、日文夹杂着火星文写着日记

我的秘密是我看不懂也知道她记下了什么

暮色催我老的时候我是坦然接受的

当她的懵懂和喜悦才刚刚开始

以后，就由我负责替她看

小时候怎么看也看不腻的星空、银河

替她读，那些脸谱和墙角的阴影

替她整理乱糟糟的房间。我变得脚踏实地

我小腹酥软温热的时候越来越少

但其实我的爱并没有减少

我只是，不再说多余的话吃多余的食物

睡多余的觉，认识多余的人

但人是复杂的，因此我望见——

喧嚣的街头，一个男人疲惫而专注的

注视让我心酸，他对爱情的欲念

让我心酸，并让我在瞬间就爱上了他

（原载《诗歌风赏》2018年第二卷）

路边弹唱者

詹明欧

马路边，橘黄灯光下，
两个男的反戴鸭舌帽，弹着吉他。
白衣女子坐在他们中间，
翻唱罗大佑的歌曲《你的样子》。

两个男人一律面无表情，
弹到动情处也是如此，
只是眼神更加冷漠，似乎有些许愤怒。
女的手握小提琴，
浅浅微笑着，静静地吟唱。

没人围观，他们像在自家花园。
身后的出租车疾驰而去，
骑摩托车的也没朝他们回头一瞥，
彼此好像都不懂得彼此的存在。

女子甩了一下披肩发，
停止了歌唱，把小提琴搁到肩头，
此时的合奏，震撼到了我——
寂静美丽，让我不敢更靠近。
我和他们之间隔着的不再是距离，
而是一道带有艺术宿命的风景。

（原载《江南诗》2018 年第 2 期）

2018 年的我

慕 白

我见山说山

见水说水

狗年也只做人

我不会见风就说雨

我喜欢阳春白雪

喜欢风花也爱雪月

黑是黑，白是白

冰冻三尺非一日之寒

世上还有冰霜，还有贫寒之苦

冰雪融化后，锦上添花当然是好

更多需要的是雪中送炭

雪虐风饕亦自如

我知道粉饰只是一时

植物都能凌霜傲雪，澡雪精神

雪教会我做人的尊严

（原载《诗探索·作品卷》2018 年第二辑）

偷生记

臧海英

我用另一个名字

把写作中的我，和生活中的我分开

我多么想，摆脱自己

狼狈不堪的命运

这段时间，我的文字里

果然都是清风明月

虚构出来的幸福，比现实还要令人感动

我也真就以为，自己多出了一条命

从此过上了另一种生活

而被我弃于现实的那个人

常常闯进来，让我不得安宁

她塞给我一地鸡毛

让我承认，那才是我

让我承认，偷生于另一个人的生活

是多么虚妄

逃避、怯懦、自欺欺人

——我也为此羞愧过

但我真的不想，在困境里一而再

再而三地挣扎下去

（原载《草堂》2018 年第 1 期）

如果没有爱上你多好

熊　芳

我们在牵挂中忘却
又在夜深人静时想起
如果不认识你多好
就不知你肌肤的温暖

风没有对树叶说，我只是路过
树叶就那么爱了
如果没有爱上你多好
心还是自己的

（原载《诗探索·作品卷》2018年第二辑）

如　果

熊　曼

如果你有过这样一位小学老师
他瘦削，温和，穿着整洁的旧衣裳

曾用矜持的手，抚过你的额头
令你止住哭泣。教你写字，读诗

在午后拉起二胡，琴声溅落在池塘水面上

在多年后的今天，依然击中了你

如果你抬头，看到太阳又新鲜又陈旧
照耀着堂前草，年幼的心滋生了莫名的忧伤

如果你忘了他的名字，但不能阻止他的影子
在眼前摇晃。像路旁的树枝

如果——请立即动身，去寻找他吧
即使他已离开人世

（原载《汉诗》2018 年第 2 期）

傍晚经过你的城市

熊　焱

动车在经过你的城市时停下来
夕阳正衔着房顶，晚风正吹集暮云
下车的旅人如席卷的江水
同行了一段长路，一旦分散
也许就成永别

那些年我们在这里穿过霜降和谷雨
背影青葱，步履翩跹
最后一次分别时细雨如酥，天空为谁哭湿了脸

现在时针抵达了六点，秒针嘀嘀嗒嗒地奔跑中

是我们在马不停蹄地赶路

是我们颠沛的人生，有时一阵酸，有时一阵甜

我突然想下车去找你

我突然想大河倒流，时针逆行

我们又一次穿过茫茫人海，在十字的街头相见

岁月苍茫，风为我们掸去白发和细雪

这是二月的傍晚，我经过你的城市

动车只停留了十分钟，却仿佛跑过了漫长的岁月

夕阳正衔着房顶，晚风正吹集暮云

我临窗远望，浩荡的大江正在蜿蜒穿城

一去不回，整夜整夜地为谁压抑着悲声

（原载《湖南诗歌》2018 年总第 38 期）

母亲坐在阳台上

熊　焱

她坐在阳台上，那么小

那么慈祥。一张沧桑的脸

有着夕阳落山的静谧

磨损了一辈子，她的腿已经瘸了
背已经佝偻了，头上开满深秋的芦花
生命的暮晚挂满霜冻的黄叶

当她出神地望着窗外，院子里那些娇美的少女
一定有一个，是她年轻时的姐妹
一定有一阵暖风，葱郁过她的青春

好几次，我都是连喊了几声
她才迟缓地回过神——
这一条大河的末段啊，是不是需要
更多的泥沙和泪水，才能溅起苍老的回声
是不是要在狭窄的入海口，都要放缓它的奔腾

我是多么爱她！我年近古稀的母亲
我已与她在人间共处了三十多年
而我愧疚于我漫长的失忆
愧疚于我总是记不起她年轻时的容颜
每一次想她，每一次我都只是想起
她坐在阳台上，那么小
那么慈祥。一张沧桑的脸
有着夕阳落山的静谧

（原载《诗探索·作品卷》2018 年第二辑）

父 亲

聋 子

候车室里，几十排背靠背的固定座椅上
挤满了候鸟一样等车的人，只有他
在过道上席地而坐，一副木拐
左右摆放——当然不是我
为他添加的两条腿、两只脚

一个小男孩
围绕他跑来跑去，仿佛不断重复着
一块形状相同的幸福

要进站了，他慌忙架起双拐
艰难地站起身来，而孩子
一只小手已紧紧抓住他的衣襟

"父亲，哪怕是贫贱的，残疾的
但在孩子的心目中，仍然是天……"

这时，我看了看身旁的女儿
心头有些发热，像端着一碗水
我努力掌握着内心的平衡
生怕一摇晃，把女儿的天
泼出去一片

（原载《扬子江》诗刊 2018 年第 1 期）

水中的一棵芦苇

潘志光

坐在河边
背靠夕阳
看着水中的一棵芦苇

水波涌过来了
水中的芦苇被压在下面
水波涌过去了
水中的芦苇抖抖水珠
站起来了

更大的水波涌过来了
水中芦苇又被压在下面
水波涌过去了
水中的芦苇又抖抖水珠
又站起来了

夜晚，我湿漉漉的梦中
看见一棵挺拔的芦苇
将枝叶伸进了太阳

（原载《诗探索·作品卷》2018 年第三辑）

一个背着书包的女孩儿在哭

潘洗尘

深夜　十一点多的天空
下着小雨
我在住院处楼下的一个拐角处
看见一个背着书包的女孩儿
坐在地上哭

女孩的头发　已被细雨淋湿
她不是在抽泣
而是在放声地哭
无助地哭
绝望地哭
那哭声　让我的心越抽越紧
但我还是很久也没有上前劝慰
只是心里
默默地陪着她哭

我想　一定是她的父亲或母亲
此刻正躺在这栋大楼的某一张病床上
而她很可能是刚刚笑着离开病房的
一个看上去只有十三四岁大的孩子
已然懂得什么时候应该坚强
什么时候才可以脆弱
此刻　我想如果自己可以替她的父亲或母亲

躺在病床就好了

深夜的冷风细雨中

一个背着书包的女孩儿

比我更需要温暖的家

但瞬间　我又为自己善良的自私所恼恨

老天啊　究竟用什么样的代价

可以换来两副健康的身体

一副去解救这个女孩儿的父母

一副解救我自己

因为有一天

我也不愿看到自己的女儿

这样哭

（原载《读诗》2018 年第 2 期）

辞母泣辞

潘洗尘

趁母亲还没醒

趁小园里母亲种的那些

辣椒豆角都在睡

平生第一次凌晨四点就离家

35 年了　仿佛我已习惯每次

都是母亲哭着送儿去远行

可是母亲　自从 8 月 1 号在 ICU

我最后一次陪护你

医生说　那时你已没意识了

但在我的千呼万唤下

你紧闭的双眼还是有泪在涌出

我知道　那是你今生最后一次

为你这个不争气的"老跑腿儿子"①

流泪了

母亲　今天就让儿号啕着走

而你　不再哭

好吗

可是我知道啊我的慈母

又是一夜没睡的你

此刻骨灰已湿透

（原载《诗刊》2018 年 4 月号上半月刊）

阿依河

鲁若迪基

苗家人把美丽贤惠的姑娘

---

① "老跑腿"在东北方言中意即未能娶上媳妇的中年以上男子。母亲走后听家人告诉
我，母亲一想起还一个人在外漂泊的我，就一边叨念着"我这个老跑腿儿子啊"一
边流眼泪。远游、未娶、无后，吾实乃大不孝。

亲切地称作"娇阿依"

他们还给一条纯美的河

取了一个上口的名字

——阿依河

他们像叫唤自己女儿

叫唤一条河

让河在欢笑中

多了几分娇滴几分妩媚

不知道为什么

当我看见这条河

就莫名地没有了睡眠

她的倩影她的抿嘴一笑

似乎在哪里见过

我的前世

似乎与她有什么关系

走进峡谷的时候

透过一线天

她黑亮的眸子

孤冷的双肩

让我一阵怜惜一阵感动

看见这条美丽的河

不会游泳的我

也想下水游一下

我还想给那座养育她的山

磕一个响头

叫一声岳父大人

随后化成水

与她尽情奔流

（原载《民族文学》2018 年第 1 期）

乌蒙山的雪或一个友人的亡故

霍俊明

现在是秋天的乌蒙山顶

时间的冷和词语的冷刚好相遇

一团团的雪斜吹向下面

由不知名的手调制成的黑白色调

多像是一纸亡灵书

隐隐地有人在唱着歌

时断时续的雪却带来一条确切的消息

一位友人刚刚亡故

那时中原的庄稼头颅刚刚被砍落一地

雪阵回旋的下午

人们正忙着灰蒙蒙地呼吸

提前到来的寒冷

有不知名的野兽留下了几行脚印

如果你偶尔想起了一个人

可以在这样的大雪弥漫的时刻

可以在一些缓缓的事物降落之后

可以在那些越来越快的消失和溶解之前

（原载《读诗》2018 年第 1 期）

雨水节

颜梅玖

窗外，雨沙沙地滴落

我躺在床上

从一本库切的小说里歇下来

去听那窗外的雨声

房间里开着暖气

细叶兰第二次开出了

一串粉紫色的小花

厨房里煲着一小罐银耳羹

香甜的味道弥漫了整个房间

一整天了

我沉浸在小说的细节中

在时间的表皮上

雨自顾自地滴答着

均匀而有节奏

书中那个老摄影师的身份困境

汇同着它，一起垒高了我的惶惑

这回，是应和

使我感到不安和不快

（原载《文学港》2018 年第 6 期）

年选系列封面绘图画家介绍

乔晓光 1957 年生于河北邢台，中央美术学院人文学院教授、非物质文化遗产研究中心原主任、博士生导师。代表著作有《活态文化》《沿着河走》《本土精神》等，主编教育部艺教委高等师范院校教材《中国民间美术》，主持中国民间剪纸申遗及教育传承项目多个。

中宣部全国文化名家暨"四个一批"人才，2006 年获"民间文化守望者"提名奖，2007 年被国家人事部、文化部授予"全国非物质文化遗产保护先进工作者"称号。

长期从事中国非物质文化遗产与民间美术的研究、教学，从事剪纸、油画、现代水墨等多媒材艺术创作，多次参加国内外展览并获奖。近十年与芬兰、挪威、瑞士、美国等国家合作完成不同国家文化遗产主题的现代剪纸艺术创作，所举办的展览产生了比较广泛的艺术影响。同时，在海外积极推介中国民间剪纸，多次赴北欧及美国、日本等地讲学。

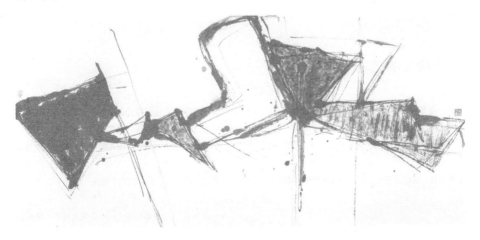

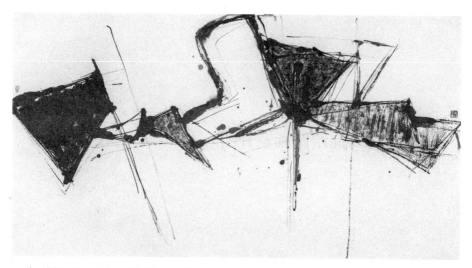

岚 乔晓光 97cm×180cm 纸本水墨 2013 年

乔晓光的艺术

乔晓光从原始艺术中的图像出发，建立自己的当代艺术空间。与大多数传统型和学院型的水墨画家不同，乔晓光在艺术媒介的运用方面相当自由。他将中国明清以来的文人水墨画文脉与中国远古艺术的血脉接通，同时又将明清以来日渐狭窄的文人画解放出来，通过与原始艺术和民间艺术的结合，使水墨画获得了更为宽阔的发展空间。在这一过程中，乔晓光突出了现代艺术中表现主义的个性抒情，同时在形式上又与 20 世纪欧洲的现代主义艺术相通，这很像高更、卢梭等原始派艺术家的所作所为——将最现代的与最远古的艺术沟通。

——殷双喜《从原始到现代——乔晓光的艺术密码》

图书在版编目（CIP）数据

2018 中国年度诗歌 /《诗探索》编辑委员会选编；林莽主编 .
—桂林：漓江出版社，2019.1
ISBN 978-7-5407-8579-6

Ⅰ . ① 2… Ⅱ . ①诗… ②林… Ⅲ . ①诗集－中国－当代
Ⅳ . ① I227

中国版本图书馆 CIP 数据核字（2018）第 269687 号

2018 ZHONGGUO NIANDU SHIGE

2018 中国年度诗歌

《诗探索》编辑委员会　选编　林莽　主编

出版人：刘迪才
出品人：张谦
责任编辑：张谦
助理编辑：谢青芸
书籍设计：石绍康
责任监印：杨东

漓江出版社有限公司出版发行
广西桂林市南环路 22 号　邮政编码：541002
发行电话：010-85893190　0773-2583322
传真：010-85890870-814　0773-2582200
邮购热线：0773-2583322
电子信箱：ljcbs@163.com
网址：http://www.lijiangbook.com
香河县闻泰印刷包装有限公司印刷
［河北省廊坊市香河县安平镇二街　邮政编码：065402］
开本：690 mm×1000 mm　1/16
印张：19.5　字数：273 千字
2019 年 1 月第 1 版　2019 年 1 月第 1 次印刷
书号：ISBN 978-7-5407-8579-6
定价：45.00 元